KB266356
우와,
굉장하다!

다치바나, 여기 좀 봐!
이 물고기는 이름이 뭐야?
사쿠라바, 목소리가 너무 커.

가만히 좀
있어 줄래?
아앗!
잠깐……
……
휘
리
릭
사진이
전부
흔들렸어!
모처럼
여기까지 왔으니까
사진으로 남기고
싶단 말이야…….
이제 곧 문 닫을
시간이야.
빨리 가자.
……응.
웅성
웅성
뭘 그렇게까지
열심히 찍고 그래…….
으아앙!
깜
짝

도......
도키타?
와아!
왜 여기에......
어?
이쪽엔
이와사키가?
헉! 어쩌지!
우리 학교
애들이 왜
이렇게 많아?
아니, 왜
너희 둘이
같이......
어머!
사쿠라바,
너 혹시......?
어, 어,
어떡하지......?
덥
석

응?
오호……!

금붕어의 세계
응, 여기 있어.

푸벅푸벅
휴……
어이, 도키타!
두근
두근
두근
두근

깜빡

우와악
지금 그건
말이야,
그게…….
아, 맞아, 그렇지?
역시!

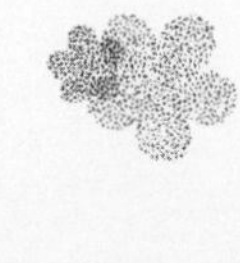
설마……?

우와, 잘 찍혔다!
다치바나 말대로 하니까 됐어!
별거 아닌데…….
물고기의 움직임에 맞춰서
카메라를 움직이는 건 기본이거든.
움직임을 예측할 수 있으면 더 쉽게 할 수 있을 거야.

역시 대단해.
별말씀을.
소중히 간직할게.
2메가짜리 데이터일 뿐인데, 뭐.
2
메가
팡
아하하하하하!
그게 웃겨?

응
너무 재밌어.

다치바나,
모처럼 왔는데
같이 사진 찍자.

뭐?

얼른.

이리 와.

마지막에 급격히 피곤해졌다
......
추우욱
그게 누구 탓인데
......
아아! 재미있었다!
의외로 체력이 별로구나?
사진을 잘 찍게 된 게 기뻐서 그만
......
가르쳐주지 말 걸 그랬다
......
앗!
?
오늘 가장 잘 나온 사진이야!
불쑥

짜
짠
아니, 왜!?
너 지금 날 놀리려는 거지?
지워.
다른 사진도 보여줘 봐.
말 돌리지 마!
아니, 그러지 말고 크레이프 먹으러 가자!
진짜 먹고 싶단 말이야!
흐느적
거기 안 서?

따르릉
따르릉

꾸욱
……됐다.
사
라
락

타
닥

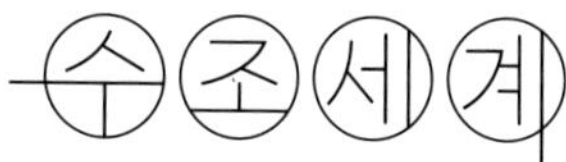

수조세계

후미즈키 아오이 장편소설　　윤은혜 옮김

자음과모음

차례

수조세계 . 23

수조세계

"너 그 얘기 들었어? C반 시미즈 말이야, 귀신이 보인대!"

"엥, 진짜? 좀 음침한 애, 걔 말하는 거지? 어쩐지, 그럴 것 같더라."

수업이 끝난 뒤 반 여자아이들이 교실 구석에서 떠드는 소리가 들려왔다. 소문의 주인공인 C반 시미즈가 누군지는 나도 안다.

남학생치고 긴 머리에 은테 안경을 썼고, 바람에 날아가지 않을까 걱정될 정도로 말랐다. 등은 구부정한 데다 거의 코끝까지 덮은 앞머리 때문에 얼굴도 제대로 보이지 않는다. 미안한 말이지만, 흔히 말하는 '아싸'다. 항상 혼자 있는 시미즈를 보고 수군거리며 무시하는 아이들은 전부터 제법 있었다.

하지만 여자아이들 사이에 이상한 소문이 돌면 타격이 클 텐데. 아무리 남 일이라지만 마음이 불편해진 나는 조용히 교실을 나섰다.

"시미즈도 이상하지만, 우리 반 다치바나도 만만치 않지."

뒤이어 터지는 웃음소리에 나는 발걸음을 서둘렀다. 본인에게 다 들리도록 험담을 하다니, 무서운 아이들이다.

나에게 뭐든지 털어놓을 수 있는 친구가 없다는 건 사실이다. 하루 종일 한 마디도 하지 않는 날이 대부분일 정도니, 저런 말을 들어도 뭐라 받아칠 수가 없다.

"꺅!"

고개를 숙인 채 빠른 걸음으로 걸어가다가 누군가와 부딪혔다. 정확히는 내가 들이받은 것에 가깝다. 나와 부딪힌 여자아이가 엉덩방아를 찧은 채 바닥에 넘어져 있었다.

"앗, 미안해……."

하필이면 여자아이를 넘어지게 하다니, 내일 아침에는 '어깨빵 아싸남'이라는 별명이 붙을지도 모른다. 두려움을 삼키며 사과했다.

"아니야, 내가 앞을 제대로 안 봐서 그런걸!"

같은 반인 사쿠라바가 벌떡 일어나며 말했다. 예쁘기로 유명해 우리 학교에서 가장 인기가 많은 아이다. 이른바 '인싸'의

정점에 있는 인물이라 할 수 있다.

매일같이 다른 반 남학생들이 사쿠라바를 보기 위해 일부러 우리 교실까지 온다. 피칭머신이 끊임없이 공을 펑펑 쏘듯이 그들은 끊임없이 고백하고 보기 좋게 거절당하기를 반복했다.

지난달 열린 체육대회에서도 선후배 할 것 없이 사쿠라바와 사진을 찍기 위해 차례를 기다리느라 길고 긴 줄이 생길 정도였다. 그 붐비는 인파 속에서 우리 반 줄을 놓친 날 보고 체육부장이 인상을 썼던 기억이 있다.

"……다치진 않았어?"

잠시 이어진 침묵이 어색해진 내가 말을 걸었다.

사쿠라바는 눈꼬리가 접히도록 활짝 웃으며 호들갑스럽게 손을 젓더니 "괜찮아!"라고 대답해주었다.

이래서였구나. 사람들이 왜 그리도 사쿠라바를 좋아하는지, 나는 이렇게 이야기를 나누기 전부터 사실 그 이유를 알고 있었다.

물론 예쁘고 늘씬하다는 소문이 자자했지만 절대 그 때문만은 아니다.

나처럼 공기 취급을 받는 사람에게도 상냥하고 친절하게 대답하는 것만 봐도 그렇다. 누구에게나 차별 없이 항상 밝은 태도로 대한다. 물론 이런 것도 사쿠라바가 인기 있는 이유 중 극히 일부에 불과하다. 사쿠라바의 마음은 파란 하늘처럼 맑고

깨끗할 것이다. 주위 사람들과는 비교도 할 수 없을 정도로, 얼룩 한 점 없이 투명할 게 분명하다.

'깃들어 살기에 이 이상 좋은 환경이 있을까.'

눈으로 뒤쫓기 힘들 정도로 많은 물고기 때문에 내 시선도 덩달아 흔들렸다.

그래, 그러니까 이렇게 많은 물고기가 사쿠라바의 마음에 살고 있는 것이다.

"물고기가 보인다고?"

내가 처음으로 그 일에 대해 이야기한 사람은 어머니였다. 눈을 동그랗게 뜬 어머니 주위에는 여덟 마리의 물고기가 헤엄치고 있었다. 진한 갈색에 잉어만큼 커다랬다. 수염이 달렸으니까 메기가 아닐까 생각했다.

"그게 무슨 소리니? 장난치지 말고 얼른 씻고 오렴."

설거지를 하느라 바빴던 어머니는 그 이상 아무 말도 하지 않았다.

씻고 나왔을 때 어머니의 모습은 보이지 않았다. 젖은 몸을 닦지도 않은 채 거실로 나서는데 아버지의 목소리가 들렸다.

"물고기?"

"그렇다지 뭐예요. 갑자기 내 주위에 물고기가 헤엄치고 있다는 거예요."

"어린애가 하는 말인데 뭐. 초등학교 들어간 지 얼마나 됐다고, 진지하게 생각할 거 없어."

일하고 와서 피곤한 아버지의 목소리에서 짜증스러운 기색이 느껴졌다. 그런 아버지의 주위에는 정어리 네 마리가 이따금 비늘을 번득이며 헤엄치고 있었다.

기억도 나지 않을 정도로 어린 시절부터 내 눈엔 이미 물고기가 보였다.

누구에게나 당연히 보이는 거라고 생각했다. 아직 평범함의 기준을 몰랐던 나는 다음 날, 친구 쇼야에게 같은 이야기를 하고 말았다.

"물고기가 보인다고?"

쇼야의 얼굴에 어머니와 똑같은 표정이 떠올랐다. 불편한 공기가 날 의심하고 있는 듯한 쇼야와 나 사이에 흘렀다.

"그게 뭐야. 소름 끼쳐."

쇼야의 주위를 헤엄치는 연갈색의 아치눈무늬가시돔은 항상 주위를 살피듯이 두리번거리곤 했다. 소름 끼친다고 말하던 그 목소리를 나는 지금까지도 선명하게 기억한다.

그날을 경계로 매일 함께 등하교 하던 친구들이 내게서 멀어져갔다.

거짓말쟁이라고 따돌림을 당하고, 반에 있는 다른 친구들에게까지 있는 일, 없는 일 모두 소문이 났다. 눈 깜짝할 사이에 친구 대부분으로부터 싫은 소리를 듣게 되었다.

수군거리는 목소리가 두려웠다. 아무도 말을 걸지 않는 외로움도 견디기 힘들었다. 학교에 가기가 무서웠고, 아무와도 만나고 싶지 않았다. 눈물은 한번 흘러넘치면 닦고 또 닦아도 멈추지 않았다.

그런 상황이 두 달 정도 지났을 무렵에는 모두 질렸는지 심술궂은 말을 하는 아이들도 없어졌다. 투명 인간 취급당하는 교실에서 나는 홀로 주위를 헤엄치는 물고기들을 바라보며 쓸쓸함을 달랬다.

그러다 나는 어떤 사실을 깨달았다. 쇼야의 물고기인 아치눈무늬가시돔이 점점 줄어들고 있었다. 초등학교에 막 입학했을 때는 내 손보다 작은 아치눈무늬가시돔이 서른 마리는 있었다. 하지만 3학년으로 올라갈 즈음엔 결국 한 마리도 남지 않았다.

그날 쇼야는 다른 친구와 다투다가 그 아이를 찻길로 밀쳐버렸다. 그 아이는 무릎이 까졌을 뿐 큰 문제는 없었지만, 쇼야는 다음 날부터 학교에 나오지 않았고, 얼마 지나지 않아 전학을 가버렸다.

쇼야가 데리고 있던 아치눈무늬가시돔은 안경을 쓴 듯한 눈

옆의 무늬와 빛을 반사하는 하얀 선이 인상적이었다. 그렇게 많았는데, 다 어디로 사라져버린 걸까?

쇼야 외에도 물고기 수가 적은 아이는 학교에서 문제를 일으키는 경우가 많았다. 어쩌면 물고기의 수는 마음의 순수함이나 정의감 같은 것과 관계가 있지 않을까 생각했다.

학년이 올라감에 따라 다른 친구들의 물고기도 서서히 줄어들었다. 커가면서 물고기 수가 줄어드는 것은 누구나 다 마찬가지였다.

고등학교 2학년이 된 지금, 내 주위에 있는 사람들을 보면 고작해야 열 마리에서 열다섯 마리 정도 남은 경우가 대부분이다.

한편, 나에게 깃들어 사는 물고기에 대해서는 전혀 알 수가 없다. 나는 내 물고기를 본 적이 없다. 거울에도, 사진에도 나타난 적이 없어서 나는 내 물고기의 종류도, 마릿수도 모른다.

사람마다 데리고 있는 물고기는 각각 다르다. 어딘지 모르게 그 사람과 이미지가 비슷한 물고기가 함께 있다. 유유상종이라는 말처럼, 그 사람과 비슷한 물고기가 깃드는 모양이다.

이를테면 겁쟁이 물고기를 데리고 있는 사람은 아무리 허세를 부려도 위기 상황이 되면 제일 먼저 도망가버리는 법이다.

이 법칙에 따르면, 시미즈는 절대 아웃사이더가 아니다. 조용하게 있으니까 언뜻 그렇게 보일지 몰라도, 시미즈 옆에서 헤엄치는 물고기는 바이컬러도티백이다. 마젠타와 레몬옐로, 두 가지 색이 섞인 이 물고기는 매우 화려해 절로 눈길이 간다.

전에도 같은 물고기가 깃든 사람을 텔레비전에서 본 적이 있다. 바를 운영하는 여장 남자였는데, 한없이 밝으면서도 솔직한 말을 거침없이 쏟아내곤 했다. 그러면서도 세심한 배려심을 보여줘서 독특한 매력이 느껴지는 신기한 사람이었다.

외모는 많이 다르지만, 그 사람과 같은 물고기를 데리고 있다면 시미즈도 분명 어두운 성격은 아닐 것이다.

"어, 언제 여기까지……."

멍하니 생각에 빠진 사이에 내려야 하는 곳에서 두 역이나 지나쳤다. 전철은 거의 비 오는 날에 타고, 평소에는 자전거로 통학한다. 비가 안 올 땐 가끔씩만 타다 보니 이렇게 내릴 역을 지나칠 때가 있다.

전철에서 내리자 습기를 머금은 더위가 온몸을 감쌌다.

플랫폼을 살펴보았지만 자판기가 보이지 않았다. 할 수 없이 갈증과 끈적이는 땀을 참고 계단을 올라가 맞은편 플랫폼으로 이동했다. 배차간격은 1시간에 한두 대 오는 정도이지만, 때마침 집 근처 역으로 돌아가는 전철이 들어와서 바로 갈아탈 수 있었다.

냉방이 가동된 차내에서 한숨 돌리고 있는데, 앞에 앉은 할머니 한 분이 눈에 들어왔다. 할머니의 머리 위에 송사리 여덟 마리 정도가 살랑거리며 헤엄치는 중이다.

초등학생 때 쇼야에게 말한 이후로, 나는 물고기가 보인다는 것을 아무에게도 얘기하지 않았다. 그런 쓰라린 경험은 두 번 다시 하고 싶지 않다. 그 마음은 트라우마와 함께 점점 확고해져만 갔다.

그 당시, 나는 외로움을 잊기 위해서 도서실에서 바다와 강에 사는 생물에 관한 도감을 닥치는 대로 읽어댔다. 물고기가 가진 성격이나 특징이 깃들어 살고 있는 사람과 많이 닮았다고 생각하기 시작한 것도 그때였다.

나는 깃들어 있는 물고기의 종류나 특징으로 그 사람이 어떤 사람인지 대강 짐작할 수 있다.

그러다 보니 겉으로 보이는 태도와 속마음이 서로 다르다는 걸 알아채는 순간도 있어서, 마음이 복잡할 때가 많다. 이를테면 입으로는 정말 기쁘다고 말하고 있지만, 깃들어 있는 물고기들은 반응을 보이지 않는다. 무리를 짓지 않는 물고기를 데리고 있으면서 본인은 무리에 속해서 억지로 어울리고 있을 때도 있다. 예를 들자면 끝이 없다.

남들과 이야기를 하면 할수록 인간관계란 참 어렵다는 생각만 강해져서, 관계를 맺는 것이 내키지 않게 되었다.

할머니의 휴대전화가 울렸다. 화면으로 뭔가를 확인하더니, 다시 가방에 넣었다. 분명 뭔가 기쁜 일이 있었나 보구나, 나는 그렇게 생각했다.

할머니는 나와 같은 역에서 내렸다. 개찰구를 나서자 어떤 여자와 어린아이가 다가왔고, 아이는 할머니에게 달려가 안겼다.

"할머니! 마중 나왔어요!"

할머니는 손자로 보이는 아이를 꼭 끌어안고, 행복한 미소를 지었다.

상대방이 기쁜지 아닌지는 간단하게 알 수 있다. 그럴 때면 그 사람에게 깃들어 있는 물고기가 기운차게 튀어 오르기 때문이다. 고백을 앞둔 사람이나, 맛있는 음식을 먹고 있는 사람도 물고기들이 튀어 오르곤 했다. 휴대전화를 본 순간, 할머니의 표정은 변함없었지만 머리 위의 송사리는 이미 힘껏 튀어 오르고 있었다.

"이 세상 사람들의 물고기가 모두 저렇게 팔딱거리기만 한다면 참 평화로울 텐데 말이야."

주머니에 넣어두었던 이어폰을 귀에 꽂으며 역을 빠져나왔다. 몇 걸음 걷지 않아 거대한 물고기 떼가 눈에 들어왔다.

"저건…… 사쿠라바?"

사실 사쿠라바의 얼굴을 온전히 본 적은 없다. 셀 수 없이 많은 물고기가 사쿠라바의 주위를 헤엄치고 있어 얼굴이 잘 보이지 않기 때문이다. 저 사람이 사쿠라바라는 것은 이 물고기 떼와 휴대전화에 달린 상어 모양 스트랩을 보고 알았다.

사쿠라바는 직장인으로 보이는 아저씨에게 길을 알려주고 있는 것 같았다. 여러 번 같은 방향을 가리키면서 열심히 뭔가를 설명하고 있다. 그런 사쿠라바의 주위로 색색의 물고기들이 바삐 헤엄치고 있었다.

나는 잠시 멈춰 섰다. 이대로 집에 가버린다 한들 문제는 없다. 처음에 내려야 할 역을 지나치지만 않았더라면 어차피 나는 지금 여기 없었을 것이다. 무엇보다 다른 사람 일에 엮여봤자 성가시기만 할 뿐, 좋을 것이 없다.

집을 향해 몇 걸음 걸었지만, 어쩐지 발걸음이 떨어지지 않았다. 눈을 감고, 폐 속의 공기가 바닥날 정도로 긴 한숨을 내쉰 뒤, 걷는 방향을 바꿨다.

"어, 사쿠라바 아니야? 뭐 하고 있어?"

내가 사쿠라바에게 말을 걸자 그 아저씨는 깜짝 놀란 얼굴로 내 눈을 피했다. 가까이서 보자 아저씨가 입은 회색 슈트는 형편없이 구깃구깃했다.

"아, 다치바나구나! 우체국을 찾고 계시더라고."

"나 이 근처에 살아서 잘 알아. 큰길을 따라 왼쪽으로 쭉 가면 바로 왼편에 있어요."

"아니, 거기가 아니……."

"아, 맞다! 기억났어요. 고마워요."

누가 봐도 수상쩍은 그 아저씨는 이마의 땀을 닦으면서 몇 번이나 고개를 숙이고는 사라졌다.

"어? 아까는 그 우체국이 아니라고 그러시던데."

"사쿠라바, 집 이쪽이 아니지 않아? 왜 여기 있어?"

"어제 영상에서 유리 만년필을 봤는데, 그걸 사고 싶어서 왔어. 그런데 역을 나오자마자 저 아저씨가 말을 걸어서……."

"유리 만년필? 아, 저 맞은편 거리에서 파는 거 말이지? 이 주변은 지나다니는 사람이 제법 있어서 괜찮지만, 세상이 워낙 흉흉하니까 혼자 다닐 땐 조심하는 편이 좋지 않을까."

"……하지만 난처해하는 사람을 내버려둘 수는 없잖아?"

물고기 떼 사이로 순간 엿보인 사쿠바라의 순수한 눈동자와 눈이 마주칠 뻔해서, 나도 모르게 시선을 피했다. 너무 착하고 순수한 것도 어쩌면 문제가 될 수 있겠다 생각하면서 "그럼 조심해"라는 말만 남기고 나는 그 자리를 떠났다.

헤엄치고 있던 물고기들은 정말 아름다웠다. 보통 한 사람에게 깃든 물고기는 한두 종류뿐이다. 그런데 사쿠라바에게는 여러 종류의 물고기가 깃들어 있다. 의심할 줄 모르고, 무엇이든 믿는 순수함이 있기 때문일 것이다. 다른 사람의 영향을 쉽게 받아서 어울리는 사람이 누구냐에 따라 선으로든 악으로든 쉽게 물들어버릴 것 같아 위태롭게 느껴진다.

분홍색, 노란색, 하늘색 같은 선명한 색깔과 보는 이를 압도하는 수많은 물고기. 그중에서 가장 수가 많고, 눈길을 끄는 것은 피치페어리바슬렛이다. 분홍색의 피치페어리바슬렛 무리가 자유롭게 헤엄치는 모습은 마치 벚꽃이 바람에 휘날리는 듯했다. 분명 저 물고기가 본래 사쿠라바의 물고기일 것이다.

순진무구한 어린아이들과 비슷할 정도로 많은 사쿠라바의 물고기를 생각하자 나도 모르게 웃음이 떠올랐다.

"그런데 그 아저씨, 다른 데서 또 이상한 짓을 하는 건 아니겠지……."

아침 식사로 나온 토스트를 우물거리면서 본 뉴스는 내 예상을 배신하지 않았다.

"여고생 감금 미수라니, 대체 무슨 짓이람. 정말 무서운 세상이야……."

어머니는 맞은편 자리에 앉아 토스트에 마가린을 바르면서 눈살을 찌푸렸다. 텔레비전에 나온 인물 사진은 뭐로 보나 어제 만난 그 아저씨가 틀림없었다.

사쿠라바가 피해를 입지 않아서 그나마 다행이지만, 역시 저지르고 말았구나. 대충 그렇게 되지 않을까 예상하던 나로서는 그렇게까지 놀라운 일은 아니었다.

"미수에 그쳐서 그나마 다행이네."

“무슨 소리야! 저 아이는 무서워서 어디 밖에 걸어 다니기나 하겠니?”

어머니는 분노를 드러내며 마가린 바른 토스트를 크게 한 입 베어 물었다.

그 아저씨와 마찬가지로 물고기가 한 마리도 없는 인간을, 같은 반이었던 쇼야 외에도 몇 명 본 적이 있다. 그들의 공통된 특징은 어떤 형태로든 악행을 저지른다는 점이다.

“이봐, 도시락은?”

넥타이를 매고 식탁으로 다가온 아버지는 언짢은 듯이 물었다. 흰머리가 점점 늘어나고 있는데, 대체 언제 염색을 하려는 걸까? 깊이 팬 팔자주름에서 어딘가 아버지의 위엄 같은 것이 느껴지기도 한다.

“예이예이, 부엌에 이미 준비해놨어요.”

어머니는 아버지의 도시락을 아버지에게 건네고, 나의 도시락은 내 앞에 놓았다.

그쪽을 흘긋 바라보는데, 어머니의 주위를 헤엄치는 물고기는 이제 다섯 마리로 줄어 있다. 아버지 주위를 헤엄치고 있던 정어리의 모습은 2년쯤 전부터 찾아볼 수 없게 되었다. 내 마음속에는 아버지에 대한 경멸이 오래전부터 자리 잡고 있다.

아버지 역시, 죄인인 것이다.

집에서 나와 평소와 같은 통학로를 자전거로 달렸다. 온몸에 달라붙던 어제의 더위도 누그러지고, 어디선가 기분 좋은 바람이 불어오는 아침이다.

신호등 앞에서 자전거를 멈추자, 나를 부르는 목소리가 들렸다.

"다치바나! 잠깐만!"

뒤쪽에서 들려오는 목소리를 따라 시선을 돌리자, 컬러풀한 물고기 떼와 함께 누군가 달려오면서 크게 손을 흔드는 모습이 보였다. 사쿠라바였다.

학교로 향하던 모든 학생의 시선이 사쿠라바와 나에게 쏠렸다. 학교에서 제일가는 미소녀 사쿠라바가 학교의 아싸 대표인 나를 향해 뛰어오고 있다. 만화나 드라마 속에서나 볼 법한 상황일지도 모른다.

사쿠라바의 모습을 보고 물고기가 활발히 튀어 오르는 남학생도 많이 있었지만, 나에게 적의가 담긴 시선을 드러내는 남학생이 훨씬 더 많이 눈에 띄었다. 현실은 이렇게나 살벌하기 짝이 없다. 나는 그저 사쿠라바를 기다릴 수밖에 없었다.

"간신히 따라잡았다……. 다치바나, 안녕! 혹시 음악 듣고 있었어? 내가 몇 번이나 불렀는데 전혀 못 듣더라."

사쿠라바는 숨을 고르려고 무릎에 손을 받치고서, 헉헉거리며 나에게 하소연했다.

"음악은 안 들었는데, 아침부터 누가 나를 부르는 경우는 1년에 한 번도 있을까 말까이다 보니……. 달리게 해서 미안해. 조, 좋은 아침."

"아니야, 괜찮아. 그것보다 어제는 정말 고마웠어!"

물고기 떼 사이로 사쿠라바의 귀와 상냥해 보이는 눈썹이 보였다. 눈을 마주치지 않은 채, 나는 일단 고개를 끄덕였다.

신호가 초록으로 바뀌자, 사쿠라바는 다른 사람의 시선은 전혀 신경 쓰지 않고 걷기 시작했다.

"오늘 아침 뉴스 봤어?"

"아, 응. 어제 네가 길을 찾아주던 아저씨 말이지?"

"얼마나 놀랐나 몰라. 아침부터 계속 몸이 벌벌 떨리는 거야. 그대로 계속 길을 찾아줬으면 어떻게 됐을까 생각하니까……."

"어쩌면 사쿠라바가 위험한 상황에 처했을 수도 있었을 거야."

내 대답에 작은 입을 꾹 다무는 것이 보였다.

"그때, 왜 나한테 말을 걸었어?"

"……그냥, 그 아저씨가 아무래도 수상해 보였거든. 좀 걱정이 돼서."

당연히 그 아저씨 주위에 물고기가 한 마리도 보이지 않아서 그랬다고 말할 수는 없다.

"그렇게 사람 보는 눈이 있다니 대단하다. 나는 뭘 물어보는 사람이 있으면 앞뒤 안 가리고 나서게 되더라고. 부모님도 조심하라고 항상 말씀하시는데, 전혀 몰랐어."

풀 죽은 듯한 사쿠라바의 주위를 경고 표지판 같은 줄무늬의 엔젤피시가 재빠른 몸놀림으로 헤엄치고 있다.

"어쨌든 아무 일 없어서 다행이야. 앞으로 조심하면 되지. 그리고 무서우면 당분간 부모님께 마중 나와달라고 부탁해봐. 그럼 난 볼일이 있어서 먼저 갈게."

나는 사쿠라바의 대답을 기다리지 않고 자전거에 올라타 힘차게 페달을 밟았다. 차례차례 날 찔러대는 주위의 시선에 더 이상 버틸 수가 없었다.

사쿠라바는 계속 "정말 고마워!"라고 소리치고 있었지만, 그조차도 곧 들리지 않게 되었다.

평소보다 빨리 교실에 도착해 가방을 내려놓았다.

교실에 들어가도 아무도 내게 인사를 건네지 않는다. 내 입으로 말하기는 좀 그렇지만, 나는 주위에서 보기에 공기 같은 존재다.

초등학교, 중학교를 거치면서 인간관계를 구축할 때 첫 시작이 가장 중요하다는 것은 충분히 이해했다. 그럼에도 아이들 간의 우정이 허울뿐이라는 걸 헤엄쳐 다니는 물고기들만 봐도 알 수 있었기에, 끝내 그 사이에 녹아들지 못한 채 타이밍을 놓치고 말았다.

하지만 나는 지금의 상황이 최악이라고 생각하지는 않는다. 이 학교에서의 인간관계 따위, 앞으로 1년 반 뒤에는 결국 흐지부지 사라질 것에 불과하다. 결국 사라질 것에 애착을 가진들 의미도 없을뿐더러, 쓸데없이 신경이나 소모할 뿐이다.

"다치바나! 볼일 다 끝났어?"

뒤이어 교실로 들어온 사쿠라바가 내 앞자리에 앉았다.

"거기, 사사키 자리인데."

"나도 알아! 하지만 사사키는 항상 아슬아슬하게 오는걸. 뭐 어때."

아까 헤어졌던 엔젤피시도 더욱 기운차게 헤엄치고 있다. 그뿐 아니라 형광 노란색 나비고기까지 물보라가 일 정도로 튀어 오르며 내 시선을 빼앗았다.

물고기들이 아침부터 이렇게 기운차게 팔딱거리다니. 사람과 수다 떨기를 좋아한다는 것을 바로 알 수 있었다.

"사사키가 아무리 늦게 온다 해도……."

"그러고 보니까 다치바나는 눈을 잘 안 마주치네! 이유가 있어?"

사쿠라바는 남의 자리에 허락 없이 앉아 있는 걸 내가 썩 내켜 하지 않는다는 사실에 전혀 신경 쓰지 않는 듯했다. 그리고 나는 일부러 눈을 마주치지 않으려 하는 게 아니다. 물고기들이 사쿠라바를 에워싼 채로 헤엄치고 있어서 눈을 마주칠 수가 없는 것이다. 찰나의 순간밖에 볼 수 없는 눈동자와 눈을 마주치기란 하늘의 별 따기니까.

"아니, 뭐……. 다른 사람과 눈 마주치는 게 좀 어색해서."

빨리 제자리로 좀 갔으면 좋겠다고 생각하면서 대답했다.

교실뿐 아니라 복도에서도 계속 시선이 날아와 나에게 꽂힌다. 수군거리는 말 한 마디, 한 마디에서 가시가 느껴진다. 이래서 다른 사람 일에 끼어들고 싶지 않았는데. 후회가 물밀 듯이 밀려왔다.

내 마음에 이는 물결에는 아랑곳없이, 사쿠라바는 우리 집 근처 역 앞에 새로 생긴 크레이프집 이야기를 사사키가 등교할 때까지 일방적으로 계속 떠들어댔다.

종례가 끝나자마자, 나는 달렸다. 계단을 뛰어 내려가 서둘러 신발장으로 향했다.

오늘 하루 종일 사쿠라바가 쉬는 시간마다 말을 걸어와서 곤란하기 짝이 없었다.

결국에는 점심시간에까지 내 옆자리에 와서 시간을 보냈다. 쏘아보는 시선도, 빗발치는 험담도 오늘 하루 만에 최대 기록을 찍었을 것이다.

집에 가는 길에도 말을 걸어올 가능성은 충분하다. 최악의 경우, 같이 가자고 할지도 모른다. 나는 도망치듯 학교를 벗어나려고 했다.

"야, 복도에서 뛰면 안 돼!"

"죄, 죄송합니다……."

신발장을 한 걸음 앞두고, 생활지도 선생님에게 주의를 받고 말았다. 짧게 깎은 머리에 체격이 좋은 선생님으로, 잘못 대응하면 잔소리가 길어진다. 이럴 때는 순순히 잘못했다, 하고 넘어가는 게 최선이다.

"다치바나!"

들켜버렸다. 활기찬 목소리가 현관에 메아리쳤다. 지금 당장 집에 가고 싶다. 하지만 생활지도 선생님을 무시하고 집에 가버린다는 선택지는 내 머릿속엔 없었다.

"어머나, 선생님! 오늘 수업 굉장히 재미있었어요! 다음 주 수업도 기대돼요!"

사쿠라바의 말에 선생님이 데리고 있던 꽁치 여덟 마리가 몸을 비틀며 세차게 튀어 올랐다. 선생님의 얼굴빛에는 변화가 없지만, 매우 기뻐하고 있는 것이 분명하다.

"그랬니? 다음 수업도 열심히 준비하고 있으니까, 기대해도 좋아."

"네! 그럼 선생님, 안녕히 계세요! 다치바나, 가자!"

사쿠라바는 그대로 물 흐르듯이 나를 그 자리에서 데리고 나왔다. 교문을 나서자, 빙글 내 쪽을 돌아본다.

"자, 이걸로 빚 하나 생긴 거다."

아니……. 좀 생각해볼 필요가 있는 게, 내가 혼날 정도로 복도를 뛰어간 것은 사쿠라바에게서 도망치기 위해서였다. 내 눈앞에서 유난히도 의기양양한 사쿠라바가 사실은 그 원흉인 셈이다.

하지만 그 선생님은 잔소리가 길기로 유명하다. 거기에서 구해준 것은 솔직히 고마웠다.

"그 빚은 어떻게 하면 갚을 수 있어? 가능하면 빨리 갚아버리고 싶은데."

"그래! 지금 당장이라도 갚을 수 있지!"

기다리고 있었다는 듯 돌아오는 자신만만한 대답에 나는 함정에 빠졌다는 절망감에 휩싸였다.

사쿠라바는 우리 집 근처 역에서 보자고 했다. 나는 먼저 도착해 자전거를 주차장에 세우고 전철로 오는 사쿠라바를 기다렸다. 10분 정도 지나 역에서 종종걸음으로 걸어오는 사쿠라바가 보였다.

"바로 저기야!"

맞은편을 가리키며 내 앞을 지나간다.

"저기라고……?"

"응! 오늘 아침에 이야기한 크레이프집! 같이 먹자!"

하늘색 푸드 트럭에는 딸기 모양 인형이 가득 장식되어 있었다.

"……그런데 말이야, 나한테 갑자기 왜 그래? 같이 가자는 사람은 얼마든지 있을 텐데?"

점포 앞의 메뉴판을 보면서 묻자, 수다쟁이인 사쿠라바치고는 신경 쓰일 정도로 긴 침묵이 흘렀다.

"그렇지만 다치바나가 지금 나에겐 제일 믿음이 가는 사람이라서……."

아무래도 어제의 사건으로 내 신용도가 폭발적으로 급등한 모양이다. 아무리 그래도 '제일'이 될 정도로 급격하게 평가가 올라가다니, 말도 안 된다. 너무 갑작스러워서 잘못 들었나 싶을 정도였다.

그런데 사쿠라바의 이야기를 들어보니, 접근하는 남학생 중에는 집요하게 구는 경우가 꽤 있어서 고생이 많다고 한다.

"사실 나, 여자애들 중에는 친구가 하나도 없어……. 연애 문제 같은 걸로 얽혀서 친구 사귀기가 너무 힘들더라고."

기운 없는 목소리로 그렇게 말하더니, 주문한 커다란 딸기 크레이프를 받아 들었다.

"그렇구나. 질투일 수도 있고, 친구가 좋아하는 사람이 널 좋아하게 되는 경우도 흔할 테니까. 남자라면 우선 그쪽이 널 친구로 보지 않을 테고. 너도 고생이 많다."

내 몫의 크레이프에 올라간 생크림을 한 입 떠먹어본 나는 몸서리쳐지는 달콤함에 다 먹을 수 있을지 불안해졌다.

그러다 말이 없어진 사쿠라바 쪽을 문득 바라봤는데, 물고기 떼의 틈새로 뚝뚝 떨어지는 눈물이 보였다.

"아니……."

굳어버린 내 옆에서 사쿠라바는 소리도 내지 않고 울고 있었다.

"왜, 왜 그래……?"

"이런 고민, 얘기할 사람이 없었거든……. 아무도 이해 못하고……. 난 너무 힘든데, 그런 게 고민이라니 배가 불렀다든가, 그런 말만 하고……."

사쿠라바의 고민은 심해처럼 깊었다. 당황한 나는 가방에서 휴대용 티슈를 꺼내주었다.

"흑, 고마워……. 역시 다치바나는 다른 사람들과는 다른 것 같아……."

그 말이 마치 나에게 물고기가 보인다는 사실을 뜻하는 것 같아서 심장이 쿵쾅거렸다.

"하지만 네 주위에는 항상 사람들이 많이 있던데."

"다 남자들밖에 없어. 여자 친구가 있으면서 자꾸 접근하는 사람도 있어서 괜히 오해만 사고, 그래서 여자애들한테 미움받고 그래……."

주위의 연애 사정에 얽혀서 사쿠라바의 마음속 어둠은 깊이 뿌리를 내렸다. 심해를 넘어 해구만큼이나 깊고 어둡게 느껴졌다. 사쿠라바는 화려한 색깔의 물고기를 여러 종류 데리고 있으니까 마음도 항상 열대의 바다처럼 따뜻하고 밝을 거라고만 생각했다.

반대로 따뜻하고 밝기 때문에 많은 사람이 다가오는지도 모른다. 그만큼 사람들의 추한 부분도 볼 수밖에 없는 거겠지.

한동안 말없이 크레이프를 먹는 내 옆에서, 간신히 눈물을 멈춘 사쿠라바는 딸기 토핑을 두 번 추가한 크레이프를 베어 물었다.

"와, 새콤달콤해! 너무 맛있다!"

비가 그친 뒤 비치는 햇살 같은 웃음이었다. 형형색색의 물고기들이 무지개처럼 그 주위를 헤엄친다. 울었다가 웃었다가, 순식간에 기분이 이리저리 바뀌니 참 바쁘겠다고 생각했다.

"사실 우리 부모님은 바쁘셔서 마중 나와달라고 하기는 힘들거든. 앞으로도 집에 갈 때 시간이 맞으면 같이 가지 않을래?"

어제 그런 사건이 있었던 만큼, 도저히 거절할 수 없는 부탁이었다. 길을 걷다 보면 물고기 수가 아주 적거나 한 마리밖에 없는 사람이 얼마든지 있다.

그러다 언제 모든 물고기가 떠나버리고 사건을 벌일지 알 수 없는 일이다. 내 입장에서 거절은 곧 위험한 상황에 사쿠라바를 방치하는 거나 다름없다.

"……알았어."

내 입으로 말하기는 좀 그렇지만, 마지못해 억지로 쥐어짠 듯한 목소리였다.

곤경에 처한 사람을 뿌리치는 것은 내키지 않는다. 무슨 일이 생긴 뒤에 까닭 모를 죄책감에 시달리고 싶지 않다. 그래, 나중의 나를 위한 일이다. 어쩔 수 없다고 스스로를 다독였다.

마지막 남은 크레이프를 입속에 밀어넣고 힘겹게 삼켰다. 백번 양보해서 함께 집에 돌아가는 것까지는 괜찮다 쳐도, 크레이프를 먹을 일은 자주 있지 않았으면 좋겠다.

물고기들이 있는 힘껏 뛰는 것을 보니 사쿠라바는 만족스러운 모양이다.

"오늘은 정말 고마웠어! 이제 슬슬 집으로 갈까?"

역 쪽으로 걸어가던 사쿠라바는 갑자기 멈춰 섰다. 방금 전까지만 해도 펄떡이고 있던 물고기들도 경계하듯이 가만히 숨을 죽였다.

"저기, 저 사람 괜찮을까⋯⋯?"

사쿠라바의 시선 끝에는 사십 대 정도로 보이는 편한 차림의 아저씨가 서 있었다. 그 아저씨는 대학생으로 보이는 여자를 뚫어져라 보고 있었다. 노출이 꽤 심한 옷을 차려입은 여자를 응시하고 있는 모습이 누가 봐도 수상했다.

"어제오늘 사이에 사람 보는 눈이 제법 늘었는데?"

내가 감탄하자 사쿠라바는 허리에 손을 척 가져다 대고 허세를 부렸다.

"어제의 나처럼 위험에 빠질지도 모르는 사람을 줄이고 싶으니까."

하마터면 피해자가 될 뻔했으니 분명 무서웠을 텐데, 그럼에도 굴하는 기색 없이 정의감에 불탄다. 이런 사고방식이 몸에 배어 있다면 사쿠라바의 물고기는 평생 줄어들 일이 없을 거라고 다시금 감탄했다.

"하지만 저 사람은 괜찮을 거야."

저 아저씨에게는 물고기가 대충 봐도 열다섯 마리는 헤엄치고 있다. 도저히 범죄를 저지를 만한 물고기 수는 아니다. 헤엄치고 있는 물고기들도 구피같이 작고 귀여운 종류다.

"그걸 어떻게 알아?"

사쿠라바는 마치 탐정처럼 나를 추궁했다.

"아! 여자분에게 가까이 다가가고 있어!"

당황한 나는 일부러 다급한 척 상황을 전달하며 사쿠라바의 주의를 돌렸다.

"위험할지도 몰라!"

사쿠라바는 쏜살같이 달려갔다. 아저씨에 대해서는 걱정하지 않았지만, 사쿠라바가 섣부른 행동을 하지 않을까 걱정이 되어서 나도 바로 뒤따라갔다.

"안녕하세요. 저는 이런 사람입니다만, 지금 커트 모델을 찾고 있어요. 관심이 있다면 이야기를 좀 하고 싶은데요……."

명함을 건네면서 여자에게 말을 건 아저씨는 그렇게 용건을 밝혔다.

"어라? 모델을 찾는 중이라고……?"

이야기를 듣고 있던 사쿠라바도 상황을 이해했는지 가슴을 쓸어내렸다. 사쿠라바의 물고기들도 긴장이 풀렸는지 다시 자유롭고 평온하게 헤엄치기 시작했다.

"내가 괜찮을 거라고 했잖아."

하루 종일 사쿠라바에게 휘둘리기만 한 나는 무심코 그렇게 말해버렸다.

"그러니까 그걸 어떻게 알아? 아는 사람이야?"

"아니, 그냥 감으로."

"말도 안 돼. 어떻게 알 수 있어? 가르쳐줄 때까지 집에 못 가게 할 거야."

사쿠라바는 내 셔츠의 소맷자락을 꼭 붙잡고 여기서 꼼짝도 않겠다며 고집을 부렸다. 물고기들도 내 쪽을 보면서 반응을 살피고 있었다.

"정말 어쩌다 맞힌 거야."

"거짓말. 뭐가 보이는 거 아니야? 시미즈처럼?"

"시미즈에 대한 소문은 거짓말이야."

"그래? 하지만 반 애들이 그러던데."

"그걸 우리는 보통 헛소문이라고 하지."

토라진 입술이 보였다. 잡혀 있던 옷에 구김이 갈 정도로 다시 힘을 꽉 주고 있다. 장기전으로 끌고 가겠다는 의지가 느껴진다.

적당히 이유를 지어내면 되겠지만, 사쿠라바가 평생 그걸 진실로 알고 살아갈 거라고 생각하니 대단치도 않은 양심이 욱신거렸다. 그리고 이렇게까지 순수하게 무엇이든 믿는 사쿠라바에게 조금은 기대했는지도 모른다.

"……뭐? 물고기가 보인다고? 정말?"

나는 어제 사쿠라바에게 말을 걸었던 아저씨는 물고기가 한 마리도 없었다는 것, 방금 전의 그 아저씨에게는 물고기가 여러 마리 있었다는 것, 물고기의 수는 그 사람의 마음이 순수한 정도와 비례한다는 것 등을 간결하게 설명했다.

시미즈의 물고기에 대한 정보는 그의 내면을 간파할 수도 있기 때문에 굳이 밝히지 않았다.

"내 주위에도 물고기가 있어? 어떤 물고기가 헤엄치고 있어? 내가 아는 물고기려나?"

사쿠라바에게 내 말을 의심한다는 선택지는 애초에 존재하지 않았을 것이다. 사쿠라바는 흥미진진하다는 듯이 질문을 쏟아냈다. 사쿠라바 주위의 물고기들도 거의 점프하다시피 헤엄을 쳤다.

"글쎄, 뭐 일단은 다양한 물고기가 잔뜩 헤엄치고 있어."

이 이야기를 더 깊이 파고들었다가는 귀찮아진다. 피치페어 리바슬렛이라는 물고기도 모를 테고.

"에이, 물고기 종류 같은 건 몰라? 궁금한데."

"알게 되면 나중에 알려줄게."

"응, 기대할게! 모든 사람의 물고기가 보인다면 매일 수족관에 있는 기분이겠네? 좋겠다……."

한순간 물고기 떼가 갈라지며 드러난 사쿠라바의 눈은 마치 마법이라도 본 듯 반짝이고 있어서 눈이 부실 정도였다.

보는 이를 빠져들게 하는 어린아이 같은 올곧은 시선을, 어째선지 나는 자꾸 피하게 된다.

"그렇게 낙관적으로 생각할 수 있다니 부럽다."

"에이, 솔직하지 못하긴……. 하지만 신기하다. 물고기가 보이는 사람이 또 있지는 않을까?"

"신기할 것까지야. 나 말고 물고기가 보인다는 사람은 아직까지 본 적 없긴 해."

"나도 본 적은 없지만, 다치바나와 같은 이유로 숨기고 있는 사람이 있을지도 모르잖아?"

그 말을 듣고 보니, 그럴지도 모르겠다. 나와 마찬가지로 이상한 사람 취급받는 것이 싫어서 비밀로 하고 있을 가능성은 분명히 있다.

초등학생 시절 이래로 이런 이상한 상황을 겪는 것은 나뿐일 거라고 믿고 있었지만, 나 말고도 물고기가 보이는 사람이 있다면 이야기 정도는 들어보고 싶다.

"찾아보자!"

"뭐? 어떻게?"

"지금은 인터넷으로 많은 걸 할 수 있는 시대잖아! '트윈즈'라는 애플리케이션 알아? 사용하는 사람이 많으니까 쉽게 찾을 수 있을지도 몰라!"

"흐음, 하지만 거기에서 어떻게 찾는데? 물고기가 보이세요,

하고 물어보려고?"

생뚱맞은 제안에 나의 의욕은 바닥으로 뚝 떨어졌다. 사쿠라바도 잠시 골똘히 생각에 빠졌다.

"그래도 일단 찾아볼래. 어쩌면 말이야, 그 힘이 세계의 평화를 가져올지도 모르니까!"

내 눈앞에서 코랄뷰티엔젤피시가 튀어 올라 사쿠라바의 주위를 신나게 헤엄친다. 코랄뷰티엔젤피시는 마그마 같은 주황색 몸통에 진한 보라색 지느러미를 가졌다. 사쿠라바가 데리고 있는 물고기는 모두 눈에 잘 띄는 화려한 색깔이다.

눈에 띄는 것을 두려워하지 않을 정도로 스스로에게 자신이 있다는 뜻이다. 그래서 한없이 긍정적일 수 있는 것일까? 물고기가 보일 뿐인 능력을 사용해 세계평화를 이루려 하다니. 하지만 분명 진심으로 그렇게 생각하고 있을 것이다.

부정하기도 귀찮을 만큼 단순 명쾌한 그 말에 이리저리 생각에 빠지는 내가 바보스럽게 느껴지기 시작했다.

사쿠라바는 효율적인 방법은 떠올리지 못한 채, 그래도 일단 해보자며 바람같이 돌아갔다.

간신히 해방됐다. 내일도 또 이런 식으로 붙잡히는 걸까, 생각하니 어떻게 도망갈 방도가 없는지 머리를 굴리게 된다.

아까 먹은 크레이프가 얹힌 듯 답답한 기분으로 나는 자전거를 타고 집으로 돌아갔다.

“트윈즈라고 했지……?”

어떤 앱인지 한번 볼까, 하고 다운로드했다. 첫 화면부터 여자들이 좋아할 법한 아기자기한 디자인이 펼쳐졌다. 설명을 쭉 읽어보고 동의란에 체크한다.

“소셜 매칭 앱 같은 느낌인데? 내 나이에 사용해도 되는 건가……?”

신경 쓰이는 부분이 좀 있기는 했지만 일단 내 데이터를 등록해보았다. 얼굴 사진이 첨부된 사람들의 프로필이 화면에 나타났다.

화면 속 사진으로도 물고기를 확인하는 데는 문제가 없다. 이 사람은 넙치, 저 사람은 연어, 도미, 그리고 복어.

“어쩐지 입맛을 다시게 되는데…….”

물고기가 보이지 않는 프로필사진도 있었다. 이런 방식의 만남에는 운이 크게 작용한다는 것을 여기서 새삼 확인하게 된다.

“혹시 프로필에 물고기가 보인다고 써놓은 사람은…… 없겠지?”

30분 정도 검색해보았지만, 낚시가 취미인 사람은 있어도 물고기가 보인다는 사람은 없었다.

나는 내 얼굴 사진을 프로필에 사용할 생각은 없다. 잠시 생각한 뒤 프로필에 한마디 적었다.

"어쩐지 사쿠라바의 대담하고 단순한 사고방식이 이미 옳은 것 같은 기분이야……."

어느새 완전히 해가 졌다. 슬머시 풍겨오는 맛있는 카레 냄새를 따라서 나는 1층으로 내려갔다.

다음 날, 내 휴대전화에 알림이 3건이나 와 있었다. 어제 등록한 트윈즈의 알림이었다.

"안녕!"

자전거에 걸터앉은 채 횡단보도 신호를 기다리고 있는데 사쿠라바가 큰 소리로 말을 걸어왔다.

주위의 시선은 여전히 사정없이 따갑다. 이렇게 주목받을 줄 뻔히 알면서 큰 소리로 부르는 것은 제발 참아줬으면 좋겠다.

팔딱팔딱 춤추듯 튀어 오르는 피치페어리바슬렛. 분홍색의 이 물고기들을 보면 항상 봄이 생각난다.

"나 있지, 어제 트윈즈 등록했다!"

"어, 그랬구나."

"……관심 좀 더 가져줄래? 그래서! 발견했어! 물고기가 보인다는 사람 말이야……!"

마지막 한마디만 굳이 목소리를 확 죽이더니 나에게 귓속말을 했다. 나는 "아, 그래" 하고 짧게 대꾸했다.

"안 믿는구나……. 이거 봐!"

나는 저도 모르게 성대하게 사레들렸다. 뭘 마신 것도 아닌데, 사람은 극단적으로 곤혹스러워지면 공기마저도 목에 걸리는 모양이다.

"괜찮아? 이 사람 프로필에 '사람의 마음에 깃들어 사는 물고기가 보입니다'라고 쓰여 있는 거 보이지? 다치바나와 완전히 똑같지 않아? 게다가 나이까지 같아. 이건 비슷한 나이대에 희소하게 나타나는 현상일지도 몰라!"

세기의 대발견이라도 한 듯이 떠드는 사쿠바라를 둘러싸고 수많은 물고기가 사방팔방으로 튀어 오르며 기쁨을 드러내고 있다.

"의외로 쉽게 발견했으니까, 이 사람 말고도 또 있을지도 몰라. ……내 말 듣고 있어?"

"혹시 이미 메시지도 보냈어?"

"당연하지! 아직 읽었다는 표시는 없지만 말이야……."

"그렇겠지. 내가 지금 읽으면 당장 읽음 표시가 뜰 거야."

사쿠라바의 물고기가 눈에 띄게 기운이 없어졌다.

"그럼…… 이거 혹시 다치바나야?"

"그렇다는 뜻이 되겠지."

잠시 말이 없다가, 사쿠라바는 털썩 주저앉을 정도로 낙담

했다. 물고기들도 우르르 배를 보이며 힘없이 둥둥 떠올랐다.

학교에 도착하기까지는 다 죽어가는 듯한 분위기가 감돌았지만, 교실에 들어갈 무렵에는 씻은 듯이 평소의 사쿠라바로 돌아와 있었다.

메시지는 아직 확인하지 않은 상태지만, 적어도 그중 1건은 사쿠라바라는 것을 알았다.

그 후로 사쿠라바는 국어 시간이 끝난 뒤에도, 수학 시간이 끝난 뒤에도, 10분밖에 없는 쉬는 시간이 될 때마다 말을 걸어왔다. 내용은 주로 세계평화에 관한 것으로, 나는 종교 권유라도 받는 듯한 기분이었다.

책을 읽을 틈도, 느긋하게 다음 수업을 준비할 여유도 없다. 당연히 점심시간에마저 도시락을 들고 내 자리로 찾아왔다.

"와, 그 달걀말이 맛있어 보인다."

"이건 나도 좋아하는 거라서 못 줘."

나의 귀중한 휴식 시간뿐 아니라, 달걀말이까지 빼앗길 지경이다.

적의를 머금은 주위의 시선을 외면한 채 달걀말이를 집어 들었다.

"아, 맞다. 그러고 보니 나 말고 다른 사람에게서는 메시지 안 왔어?"

"왔어. 아직 확인은 안 했지만."

"뭐야, 보통은 바로 확인하지 않나? 확인해보자. 뭔가 단서가 있을지도 모르잖아. 일단은 정보를 모으는 게 중요하다고."

"갑자기 수사라도 하려는 것처럼 말하네. 조심성만 더 키우면 형사 저리 가라겠는데?"

"그러지 말고 빨리!"

아직 도시락도 다 안 먹었는데 성미도 급하네, 하고 생각하면서 가방에서 휴대전화를 꺼냈다.

"저기…… 사쿠라바, 잠깐 얘기 좀 할 수 있을까?"

우리 학년에서 잘생긴 걸로 손꼽히는 도키타가 교실에 들어오자마자 사쿠라바를 불러냈다.

도키타의 주위를 헤엄치는 툭눈금붕어 다섯 마리가 미친 듯이 튀어 오르고 있다.

"다섯 마리구나."

"뭐라고?"

고개를 갸웃거리는 도키타와 눈이 마주쳤다. 내가 무의식중에 소리 내어 말했던 모양이다. 당황해서 고개를 수그리고 괜히 도시락의 매실장아찌만 쿡쿡 찔러댔다.

도키타를 보면 압도당하는 느낌이 들어 움찔거리게 된다. 하지만 깃들어 있는 물고기는 툭눈금붕어니까, 사실은 보기보다 온화한 성격일 거라고 생각한다. 가까이하고 싶지는 않지만, 가까이한다고 문제가 생기는 타입은 아닐 것이다.

"나 지금 좀 바쁜데……. 나중에 얘기하면 안 될까?"

"아니, 괜찮아. 이거야말로 나중에 얘기해도 될 일이니까 빨리 갔다 와."

학교에서 제일 잘나가는 남학생의 부탁을 무심히 거절해버리는 사쿠라바를 보고 주위 여자아이들이 술렁였다.

나는 일부러 휴대전화를 가방에 도로 넣고서 빨리 가라고 사쿠라바를 재촉했다.

사쿠라바가 내키지 않는 듯이 복도로 향하는 것을 본 뒤 매실장아찌를 베어 물었다.

"다치바나, 너 혹시 사쿠라바와 사귀는 거야?"

입학한 이래 말 한 마디 나눠본 적이 없는 반 친구 세 명이 내 책상 주위를 에워쌌다.

"아니, 그런 거 아니야."

"그런데 왜 갑자기 그렇게 친하게 지내? 도키타에게 방해가 되잖아."

역시나. 나는 마음속으로 그렇게 중얼거렸다. 인기 폭발 중인 사쿠라바와 가까워졌다가는 이렇게 되리라는 것은 충분히 상상이 갔다.

게다가 여기 있는 세 명은 도키타와 같은 툭눈금붕어를 데리고 있다.

길을 가다 커플이나 단짝 친구를 보면 두 사람에게 같은 물고기가 깃들어 있는 경우가 대부분이다.

관계에서 더 영향력이 있는 사람의 물고기가 퍼져나간다. 도키타에게는 툭눈금붕어뿐인 데에 비해, 여기 있는 세 명은 툭눈금붕어 말고도 장어, 참치, 거북복이라는 서로 다른 물고기를 데리고 있다. 즉, 이것만으로도 도키타의 입김이 가장 세다는 것을 알 수 있다. 물고기들만 보면 툭눈금붕어가 가장 약해 보이지만, 이 세 명은 도키타의 졸개나 다름없는 셈이다.

"내가 아니라 사쿠라바에게 묻는 게 빠를 것 같은데."

나로서는 사쿠라바가 말을 걸어주기를 딱히 바라는 것도 아니다. 도망가도 따라오는 건 그쪽이니까 어떻게 할 수 있으면 좀 해줬으면 좋겠다.

"야, 누가 봐도 너랑은 급이 안 맞는 거 알지? 도키타 정도는 돼야 사쿠라바에게 어울린다고. 넌 그것도 모르냐?"

나의 제안은 귓등으로도 듣지 않은 채 계속되는 시비 때문에 더 이상 밥을 먹을 수가 없었다.

"나 왔어. 어? 너희 여기서 뭐 하니?"

예상외로 빨리 돌아온 사쿠라바를 보고 시비를 걸던 셋은 눈을 동그랗게 떴다. 거기에는 나 역시도 놀랐다.

이어서 도키타가 졸개들을 불러 모아 교실을 나섰다. 도키타의 툭눈금붕어가 당장이라도 죽을 듯이 배를 보이며 떠 있었기 때문에 나는 사쿠라바의 대답을 알 수 있었다.

"자, 갔다 왔으니까 빨리 휴대전화 보여줘."

아무래도 사쿠라바는 고백을 너무 많이 받다 보니 나눠주는 전단지를 거절하는 정도의 기분으로 고백도 거절하고 있는 게 아닐까?

다시 가방에서 휴대전화를 꺼내서, 트윈즈 앱을 연다. 가장 위에 있는 메시지는 사쿠라바라고 표시되어 있다.

"어……? 사쿠라바, 프로필 등록한 거 어제라고 하지 않았어?"

"응."

"팔로워가 왜 벌써 네 자릿수야?"

사쿠라바의 프로필사진은 물고기 떼……가 아니라, 분명 웃는 얼굴이 찍힌 매력적인 사진일 것이다. 그 사진을 보고 전혀 모르는 사람들도 사쿠라바를 등록한 것이 분명하다.

"그보다 메시지는? 빨리 확인해봐!"

함께 들여다본 화면에는 '노란색'이라는 이름과 '하타하타'라는 이름이 표시되어 있었다.

"우선 노란색 쪽부터 볼게."

"음……. '프로필이 매력적이네요. 이야기를 나누고 싶은데, 여기 말고 아래의 앱에서 대화하지 않으시겠어요?' 머라카노! 누굴 낚을라꼬!"

"뭐야, 갑자기 사투리 뭔데?"

내가 무심결에 한마디 던지자, 사쿠라바는 부끄러운 듯이 한번 사투리로 말해보고 싶었다며 쑥스러워했다.

마지막으로 하타하타의 메시지를 읽기 시작한 사쿠라바는 황급히 내 어깨를 잡고 흔들었다.

"……장난으로 보낸 건 아닐까?"

"이 하타하타 님은 물고기가 몇 마리나 돼?"

"한 여섯 마리는 있는데."

하타하타가 보낸 메시지에는 나와 같은 현상으로 고민하고 있다고 쓰여 있었다. 프로필 정보에 의하면 옆 동네에 살고 있고, 우리와 같은 고등학생인 것 같다.

사진을 보니 검은색 뿔테 안경에 앞머리로 눈을 덮고 있어 어딘가 시미즈와 같은 부류라는 느낌이다.

그 주위를 헤엄치고 있는 물고기는 심해에 사는 초롱아귀와 청록색의 나폴레옹피시였다. 나폴레옹피시는 성전환을 하는 물고기다. 남자와 여자의 마음 양쪽을 다 잘 아는 공감 능력을 가지고 있는 사람일까……? 사실 이 물고기를 데리고 있는 사람과는 만난 경험이 없다. 대신 나폴레옹피시는 성격이 온화하고 사람을 잘 따르는 반면, 고집이 세다는 정보를 본 기억이 난다.

초롱아귀 쪽은 성격이 짐작도 가지 않는다. 게다가 물고기 수가 절반이라서, 어느 쪽이 그의 고유한 물고기인지도 알 수가 없다.

"흐음, 수상한데."

"하지만 옆 동네라면 이야기를 들어볼 가치는 있지 않을까?"

"글쎄……."

여섯 마리라는 수는 솔직히 신용도 측면에서 반반의 확률이다. 게다가 아웃사이더 느낌이 나는 외모에 비해 주위의 물고기가 크기도 크고 여유로워 보인다.

아웃사이더 경향이 강한 사람의 물고기는 기본적으로 작다. 17년 동안의 내 경험을 통해 얻은 확신이다.

다만 이 사람의 말이 사실이라면 나에게 어떤 물고기가 깃들어 있고, 또 몇 마리나 되는지를 알 수 있다.

거울을 봐도, 사진을 찍어도, 나의 물고기는 보이지 않는다. 유치원 무렵부터 이미 보이지 않았으니까 한 마리도 없기 때문은 아닐 거라고 믿고 있지만, 지금에 와서는 자신이 없다. 또 내게 깃든 물고기 말고도 하타하타에게 물어보고 싶은 게 있었다.

"물 들어왔을 때 노를 저어야지!"

내가 신중하게 생각에 잠긴 틈에 사쿠라바는 잽싸게 메시지를 보내버렸다.

"아니, 잠깐만……!"

하타하타 쪽도 점심시간이었는지, 금방 답장이 왔다. 별일 없으면 오늘 학교가 끝난 후에 가까운 카페에서 만나지 않겠냐는 내용이었다. 사쿠라바는 내 사정도 물어보지 않고 곧바로 만나자는 답장을 보냈다.

"좋았어, 그럼 수업 끝나고 보자!"

강제나 다름없는 사쿠라바의 말이 떨어지자마자 점심시간이 끝났음을 알리는 종소리가 울려 퍼졌다. 앞뒤 안 가리고 달려드는 사쿠라바를 보니 다시 불안감이 엄습했다. 메시지를 삭제하고 싶었지만 이미 읽음 표시가 떠버렸다.

인간관계는 가능한 피하고 싶었는데……. 사쿠라바는 내 생각과 정반대로 흘러가는 일상으로 나를 거침없이 이끌었다.

"다치바나! 빨리 와!"

복도에서 나를 손짓하며 부르는 사쿠라바는 여전히 많은 사람의 시선을 한 몸에 받고 있다.

"그렇게 큰 소리로 부르면 나까지 눈에 띄잖아."

"눈에 띄면 안 돼?"

"……아니, 아무것도 아니야."

만나기로 한 카페는 그리 멀지 않다. 하타하타가 다닌다는 고등학교에서는 조금 먼 편인데, 우리를 배려해서 여기로 정했을 것이다.

"하타하타 씨는 물고기가 보인다는 걸 주위에 알렸을까?"

"알리지 않았을 것 같은데? 머리가 이상한 거 아니냐고 생각할 테니 말이야."

"세계평화를 위해서는 언젠가 공개해줘야 할 텐데."

"뭐? 그럼 나도?"

"당연하지!"

자전거를 밀면서 미래에 찾아올……지도 모르는 세계평화를 떠올려본다. 나도 세상 사람들의 물고기가 모두 즐겁게 튀어 오르기만 한다면 얼마나 평화로울까 하는 생각은 종종 하니까, 사쿠라바의 생각이 말도 안 된다고 보지는 않는다. 하지만 물고기가 보인다는 것을 밝히면 나의 세계는 평화를 유지하지 못하게 될 것이다.

카페 앞에는 프로필사진과 많이 닮은, 하타하타로 보이는 인물이 이미 서 있었다.

"저…… 하타하타 님 맞으세요?"

사쿠라바가 말을 걸자 그의 초롱아귀들은 무거운 몸을 이끌고 펄떡펄떡 튀어 올랐다.

"네, 맞아요. 하타노라고 합니다. 만나서 반가워요."

하타하타, 즉 하타노는 작은 소리로 대답했다. 사쿠라바를 본 순간 그가 흠칫 놀란 표정을 지은 걸 나는 놓치지 않았다. 시선이 사정없이 흔들리기까지 했다. 사쿠라바를 에워싼 물고기 떼 때문에 눈 둘 바를 모르고 있는 거라면 진짜다.

하타노는 생각보다 작은 체격으로, 여학생 평균 정도인 사쿠라바보다도 키가 작았다.

"안녕하세요. 다치바나입니다."

내가 말을 걸자 하타노는 나와 사쿠라바를 몇 번이나 번갈아 보았다. 안 어울려. 이런 애가 어떻게 이런 미소녀와 함께 있는 걸까, 하는 마음의 소리가 들리는 듯한 기분이다.

"우리 그럼 일단 카페에 들어가서 이야기할까?"

하타노의 말에 따라 우리는 창가의 널찍한 테이블 석에 앉았다. 나는 창가 자리에 앉고, 사쿠라바는 내 왼쪽에 앉았다.

하타노는 내 앞자리에 앉아서 검은색 백팩을 소파에 내려놓더니, 안경을 벗어 닦기 시작했다. 외꺼풀에 약간 올라간 눈꼬리, 정성 들여 손질한 눈썹, 얇은 입술. 안경을 쓰지 않는 편이 더 번듯해 보일 듯했다.

우리는 적당히 음료수를 주문하고, 본 주제로 들어갔다.

"그래서, 물고기가 보인다는 게 정말이야?"

더 이상 기다릴 수 없다는 듯이 사쿠라바가 하타노에게 따지고 들었다.

"응, 사람마다 보이는 물고기의 종류나 수가 달라."

나와 눈을 마주쳐오는 사쿠라바를 향해 나는 고개를 끄덕여 보였다. 지금까지 살아오면서 처음으로 나와 같은 현상을 겪고 있는 사람이 눈앞에 있다. 심장 박동이 점점 빨라졌다.

"그럼 나도 질문을 좀 해도 될까?"

하타노가 내 눈을 바라보았다. 하타노도 같은 현상으로 고민하고 있었다니 분명 궁금한 것이 있을 것이다. 표정이 진지했다.

"언제부터 보였어?"

"기억할 수 있는 순간부터 이미 보이고 있었어."

하타노는 마치 취재 기자처럼 재빠르게 펜을 놀리며 나와의 대화를 노트에 적었다.

"그렇구나. 물고기는 뚜렷하게 보여?"

"……실제와 그리 다르지 않을 정도로 뚜렷하게 보여."

"아니, 나와는 다른 방식으로 보일 수도 있어서 물어보는 거야."

금방 내 기분을 알아챈 하타노가 바로 설명을 덧붙였다.

"다치바나도 뚜렷하게 보이는 타입이구나. 나도 진짜처럼 선명하게 보이거든. 점심시간을 앞두고 꽁치를 데리고 있는 사람을 보면 배가 고파오지 않아?"

"정말? 신기하다! 내가 마트에서 연어를 보고 배가 고파지는 것과 비슷한가?"

"연어는 이미 손질돼서 팩에 담겨 있잖아. 좀 다른 것 같은데."

사쿠라바는 "그런가, 이해하기 쉽지 않네" 하고 쓴웃음을 지었다.

그 후로도 나는 하타노로부터 질문 세례를 받으며 중간중간에 그가 평소에 물고기를 볼 때의 이야기를 들었다. 거의 그의 질문에 내가 계속 대답하는 식이다 보니 굉장히 목이 말랐다.

"저, 내 쪽에서도 질문 좀 해도 될까?"

하타노가 다음 질문을 생각하는 틈에, 이번엔 내가 과감히 질문을 던졌다.

"물고기가 보이면 그 종류나 움직임으로 깃들어 있는 사람의 기분을 알 수 있잖아? 그것 때문에 인간관계가 어려웠던 적은 없어?"

하타노는 소파에 기댄 채 생각에 잠겼다. 그 표정은 어둡고 서글퍼 보였다. 생각하고 싶지 않은 일을 떠올리게 했나 싶었다.

"물론 대답하고 싶지 않다면……."

"아니야, 내 경우는 중학생 때였는데 말이야. 처음 좋아하는 아이가 생겼는데…… 그 애의 마음을 물고기의 상태로 바로 알 수 있었거든. 그래서 간접적으로 차였던 게 상당히 힘들었어."

누가 누구를 좋아하는지는 물고기를 보고 있으면 금방 알 수 있다. 나는 진심으로 안쓰럽다는 생각이 들었다. 하타노는

"뭐, 이젠 익숙해졌지만 말이야"라고 다부지게 말하며 바로 다음 질문으로 넘어갔다.

사쿠라바는 그동안 시종일관 흥미진진한 모습으로 우리의 대화에 귀를 기울였다.

나에게 깃들어 있는 물고기가 궁금했지만, 하타노의 잇따른 질문에 대답하다 보니 물어볼 기회를 놓쳐버린 데다, 알게 되는 것이 두렵다는 생각이 들어서 묻지 못했다.

"같은 현상을 겪는 사람을 만날 수 있다니 새삼 감격스럽다. 계속 질문만 퍼부어서 정말 미안해. 나 잠깐 화장실에 갔다올게."

하타노는 가방에서 하늘색 손수건을 꺼내 들고 자리에서 일어났다. 가만히 숨죽이고 있던 사쿠라바의 물고기들이 일제히 춤추기 시작했다.

"와! 정말 굉장하지? 같은 현상이라는 점도 놀랍지만 나이도 같아! 하타노가 물고기를 본 이야기도 다치바나가 해준 이야기와 비슷하고. 이건 믿을 만하지 않아?"

"응, 설마 같은 능력을 가진 사람이 있을 거라고는 생각도 못 했어."

질문이 많기는 했지만, 하타노도 내가 정말 같은 능력을 가지고 있는지 확인하고 싶었을 것이다. 하타노가 데리고 있는 물고기의 움직임을 살펴봐도 보통 사람보다 좀 더 부산히 헤엄친다는 점 말고는 별 차이가 없었다. 게다가 사쿠라바를 본 뒤로 계속 그 상태였으니까, 그저 긴장했기 때문으로 보였다.

지금의 하타노는 더 이상 인간관계 문제로 고민하지 않는 모양이다. 내가 다른 사람을 편하게 대하지 못하는 것은 역시 내 성격 때문이었나?

지금까지 나는 내가 인간관계를 잘 맺지 못하고 어려워하는 것이 이 능력 때문이라고 생각하며 책임을 돌려왔다. 그런데 하타노의 이야기를 들은 순간, 내 탓이었다는 단순한 사실을 깨닫고 말았다.

"자, 정신 좀 차려봐. 좀 더 정보를 모을 수 있게 다음에 만날 날짜를 정하자."

"그래……. 어……?"

휴대전화의 캘린더를 연 사쿠라바의 뒤쪽으로 처음 보는 거대한 검은 덩어리가 지나갔다. 너무 거대한 나머지 꿈이라도 꾸는 듯한 기분이었다. 도저히 현실 세계에서 보이는 것이라고는 생각되지 않았기 때문이다.

"왜 그래?"

놀람과 공포로 목소리가 제대로 나오지 않는다. 사쿠라바에게 대답도 하지 못한 채, 후들거리는 몸으로 간신히 일어섰다. 거대한 덩어리의 전체 모습을 보기 위해 주위를 둘러보았다.

카페 내부에 다 들어오지도 못할 정도로 커다랗고 먹물처럼 시커먼 몸통이 10초가 넘도록 천천히 우리 앞을 지나갔다. 내가 그 정체를 깨달은 것은 이 생명체의 꼬리를 보고서였다.

"고래……?"

"고래? 고래가 헤엄치고 있어?"

보일 리 없는데도 사쿠라바의 눈이 내 시선 끝을 따라 움직인다. 커다란 고래가 유유히 우리 앞을 헤엄쳐 지나간다.

이 고래는 대체 누구에게 깃든 것일까? 물론 진짜 고래는 아니다. 누군가가 데리고 있을 거야. 그렇게 생각했다.

고래의 커다란 몸통은 이미 대부분 카페를 빠져나가 내 눈 앞에서 사라져갔다.

"사쿠라바, 잠깐만. 미안해."

나는 옆에 앉아 있던 사쿠라바를 밀치다시피 자리에서 빠져나와 카페 밖으로 나갔다.

고래는 멈추지 않고 천천히 앞으로 나아가고 있다. 피부 표면은 울퉁불퉁 거칠었고, 수정액같이 하얀 배가 선명하게 보였다. 혹등고래다.

체구가 너무 커서 깃들어 사는 듯한 사람의 모습이 전혀 보이지 않았다. 내가 주위를 두리번거리며 찾는 사이, 고래는 갑자기 커다란 입을 벌렸다. 인간 정도는 한입에 삼켜버릴 수 있을 정도로 크다. 가까이 다가가는 것조차 주저하게 된다.

"다치바나! 어디 가는 거야?"

사쿠라바가 나를 따라 카페 밖으로 나왔다.

고래는 어머니와 함께 길을 걷고 있던 어린아이의 물고기를 한입에 덥석 삼켜버렸다.

"안 돼! 그만둬!"

달려가려는 내 팔을 사쿠라바가 황급히 붙잡았다.

"기다려! 빨간불이야!"

곧 내 코앞을 여러 대의 자동차가 스쳐 지나갔다. 신호를 기다리는 사이에 고래는 거침없이 헤엄쳐 점점 작아져갔다.

커다란 트럭이 지나간 후, 고래의 모습은 더 이상 보이지 않았다.

"도대체 무슨 일이 있었던 거야? 우리가 갑자기 사라져서 하타노도 놀랐을 테니까 일단 카페로 돌아가자."

"……응, 미안."

횡단보도 건너편에는 고래에게 많은 물고기를 한 번에 잡아먹혀버린 어린아이가 큰 소리로 울고 있다.

한 번 줄어든 물고기는 다시 늘어나지 않는다. 그런데 그렇게 기습적으로 남의 물고기를 먹어치우다니. 그 고래의 한 입으로 누군가의 물고기가 갑자기 전부 사라져버릴 수도 있다는 얘기다.

"도대체 뭐였지, 그건……?"

"다치바나, 대체 무슨 일이야?"

"처음 보는 커다란 고래가 헤엄치고 있었어."

"고래라고? 고래는 수족관에 가도 보기 힘든데."

물고기들 틈새로 사쿠라바의 평화로운 입매가 보였다.

카페로 돌아가자, 하타노는 자리에 앉아서 노트를 정리하고 있었다. 나는 테이블로 달려들었다.

"하타노, 혹시 고래 본 적 있어?"

"아니, 본 적 없는데……. 헤엄치는 걸 봤어?"

"여기를 지나갔어. 나도 방금 처음 봤어. 그런데 길가에 있던 아이의 물고기를 먹어치워버렸어……!"

"세상에……."

하타노도 할 말을 잃은 듯, 곤혹스러운 표정을 지었다.

"뒤따라가려고 했는데 놓쳤어. 지금도 그런 식으로 지나다니는 사람들의 물고기를 계속 먹어치우고 있으면 어쩌지……?"

최악이다. 상상만 해도 심장이 요동친다. 나는 창밖을 거듭 확인했다.

"일단 오늘은 이만 헤어지자. 우리는 다음 주부터 여름방학이거든. 이번 주말에는 학교 축제가 있으니까, 다음 주 수요일에 볼까? 아니면 그 주 일요일은 어때?"

이 사태가 얼마나 중대한지 이해하지 못한 사쿠라바는 태평하게 다음 약속을 잡기 시작했다.

"우리 학교도 다음 주부터 여름방학이니까, 수요일이면 괜찮아."

그런 두 사람의 대화에 나는 멍한 표정으로 적당히 고개를 끄덕일 뿐이었다.

어느새 저녁이 되었다. 카페를 나와서 거리를 바라보는데, 똑같은 타월을 목에 두른 소란스러운 사람들이 스쳐 지나갔다.

"오늘 굉장히 유명한 그룹의 콘서트가 있다나 봐. 무슨 그룹일까 궁금하네."

"그랬구나……."

"아이참, 무슨 고래를 봤는지 모르지만 너무 건성으로 듣는 거 아니야? 아, 난 잠깐 볼일이 있으니까 이쪽으로 갈게. 내일 보자."

사쿠라바의 가라앉은 목소리에서 짜증이 묻어났다. 하지만 그런 건 안중에 없을 정도로 내 마음은 술렁이고 있었다.

"뭐지? 뭔가 이상해……."

들떠서 콘서트장으로 향하는 사람들의 물결을 보고, 나는 어떤 위화감을 느꼈다.

♪

우리는 학교 축제를 준비하기 위해 교실에 남아 있었다. 우리 반은 베이비카스텔라를 팔기로 했다. 카스텔라를 담을 컵에 그림을 그리는 작업과 교실을 꾸미는 작업이 한창 진행 중이었다.

"다치바나, 이번 주말 축제 때 같이 구경 다니자!"

사쿠라바가 들뜬 목소리로 나에게 제안했다. 주위의 물고기도 신나서 빙글빙글 돌고 있었다.

"안 돼. 나는 옥상에서 책이나 읽을 거니까, 다른 사람이랑 구경해."

사쿠라바와 함께 학교 안을 걸어 다니다니, 나에게는 자살 행위나 마찬가지다.

"옥상 문을 좀 확실히 잠가야 할 것 같다고 선생님께 말씀드리러 가볼까……?"

"선생님이랑 친하다고 그렇게 이용하는 건 좀 그렇지 않냐?"

"남들이 들으면 오해하겠어. 하루 종일이 힘들면 오전만이라도 괜찮으니까 같이 구경하자, 응?"

작년 축제 때는 아무도 없는 옥상에서 책을 읽으며 시간을 보냈다. 학생들의 즐거운 목소리와 무대의 뜨거운 환호성을 듣고 있다 보면, 나 혼자 다른 세계에 뚝 떨어진 것 같았다. 아무도 나를 찾으러 오지 않는 것이 내심 처량하게 느껴지기도 했다.

“할 수 없지.”

어차피 여기서 거절한다 해도 사쿠라바가 포기할 리 없다. 이 정도로 많은 물고기를 데리고 있다는 것은 떼쓰는 어린아이와 그리 다르지 않다는 의미기도 하다.

“꼭 봐야 할 건 역시 ‘동행’ 무대지!”

우리 학교의 축제에는 ‘동행’이라 불리는 이벤트가 있다. 학생회만 상세한 내용을 파악하고 있을 뿐, 누가 어떤 작품으로 출연하는지는 철저히 비밀에 부쳐진다.

애초에 시간표가 없어서 공연 장소에 계속 있지 않으면 재미있는 순간을 놓쳐버린다. 우리 학교 축제는 일반인에게도 공개되기 때문에 이동하기조차 힘들 정도로 많은 사람이 몰려든다.

“올해는 누가 어떤 공연을 할까? 작년에는 노래와 악기 연주가 많아서 콘서트 같았는데.”

나는 ‘동행’ 무대를 실제로 보지는 않았지만, 문을 활짝 연 체육관에서 흘러나오는 소리는 옥상에서도 들을 수 있었다.

“올해도 음악 쪽이 많지 않을까?”

나는 내가 그린 곰의 상태를 보고 얼굴을 찌푸렸다.

“뭐야, 그거? 고양이?”

“좀 더 강한 동물이야. 몸집도 크고.”

“음……, 호랑이?”

"고양잇과와는 거리가 먼데."

내가 그린 그림은 일단 호랑이라고 치기로 했다. 우리 반은 무엇을 할 것인지를 빨리 결정했기 때문에 준비도 순조롭게 진행되고 있다.

그러는 와중에도 사쿠라바는 몇 번이나 남학생들이 불러내는 바람에 자리를 비웠다. 물론 아무 일 없다는 듯이 몇 분 만에 다시 돌아온다.

축제의 마법 덕분에 이 시기에는 커플이 크게 증가한다. 안 그래도 더운데, 교실 곳곳에서 쉴 새 없이 물고기가 튀어 오르니 한층 더 숨 막힐 듯이 덥다.

반에서 맞춘 단체 티셔츠에 여자 친구나 남자 친구의 이름을 넣은 사람도 있는 것을 보고, 여름은 끝내 머릿속까지 녹여 버리는구나, 하고 생각했다.

그럼에도 사쿠라바는 전혀 마법에 빠지는 기색 없이 매번 물고기 한 마리 꿈쩍 않고 돌아오고 있으니, 어지간한 괴담보다도 무서운 일이다.

축제의 중심 이벤트 중 하나로 교내 미인선발대회가 있다. 사쿠라바는 작년에도 추천으로 후보에 들어가 당당히 그랑프리를 받았던 바 있다. 올해도 후보에 들어갈 것이 틀림없다.

솔직히 내 자유 시간이 보장되는 것은 미인선발대회를 준비하고 진행하는 시간뿐이겠다는 생각이 든다.

코앞으로 다가온 학교 축제에 학생들은 모두 들떠 있다. 나는 교실을 가득 채운 열기가 오직 여름 탓만은 아닐지도 모른다고 생각하며 부채질을 했다.

축제 당일은 후덥지근하면서도 구름 하나 없이 맑았다.

미술부가 제작한 교문 바로 앞의 아치는 기계식 손목시계의 내부 같은 모양으로 매우 정교한 톱니바퀴가 그려져 있었다. 나에게는 불가능한 영역의 작품이라고 감탄하면서 아치를 바라보고 있는데, 사쿠라바가 발랄하게 인사를 건넸다.

"다치바나, 안녕!"

축제라서 그런지 평소보다 더 활기가 넘쳤다. 머리 모양도 평소와 달라서, 긴 머리카락을 위로 올려 동그랗게 말아 묶은 것이 보인다. 물고기들이 사쿠라바의 주위를 춤추듯이 헤엄치고 있다.

일단 교실에 모여서 조례를 마친 뒤, 축제의 막이 올랐다.

이틀 동안 이어지는 학교 축제 일정은 첫날이 반 대항 분장 댄스 대회와 반별 부스 운영, 둘째 날은 이어서 반별 부스와 미인선발대회, '동행' 무대, 불꽃놀이까지 각종 이벤트가 알차게 짜여 있다.

이제 바로 옆의 시민회관으로 이동해 분장을 하고 춤을 춘다는 절망적인 이벤트를 해치울 차례가 되었다.

학교 축제 준비에 할당된 수업 시간은 물론, 수업이 끝난 뒤에도 분장 리더의 지도 아래 연습을 했다. 평소에는 전혀 접점이 없는 '인싸'들 틈에서 호된 훈련을 받았다.

그래도 발목을 잡지는 말자고 생각하며 열심히 연습을 한 이유는 다른 아이들의 물고기가 즐겁게 튀어 오르고 있었을 뿐 아니라, 모두 진심으로 최선을 다하고 있다는 게 눈에 보였기 때문이다.

그리하여 오늘, 우리 반은 볶음밥 분장을 하고 유행이 다 지난 파라파라 댄스*를 춘다.

의상은 의상 담당이 디자인해서 재봉틀로 직접 제작했다. 다른 반은 각기 주제를 정해서 닌자나 산타 등으로 분장을 하는데, 우리 반은 일부러 볶음밥을 선택했다.

물론 이유가 있다. 축제가 끝나면 마지막에 최우수 학급을 결정하는데, 분장 댄스 대회의 배점이 가장 높다. 정해진 것은 아니지만, 분장 댄스 대회의 최우수상과 우수상은 관행처럼 매년 3학년이 가져가고 있다. 3학년이 아니라도 받을 가능성

---

* 2000년대 초반 일본에서 전 국민적으로 유행한 춤. 정형화된 손과 팔 동작 위주의 움직임이 반복되며 단체로 모여서 동작을 맞춰 추는 것이 특징이다.

이 있는 상은 심사 위원 특별상뿐이다.

이 상은 3학년이 아니더라도 의상 수준이나 춤 실력이 뛰어난 반, 아니면 웃음을 많이 이끌어낸 반이 수상하곤 했다.

우리 반은 전력을 다해 후자를 노리기로 한 것이다.

"자, 이거."

의상 담당이 건네준 내 의상은 초록색. 예산이 한정되어 있기 때문에 어쩔 수 없이 살 수 있는 천의 양에도 한계가 있다. 초록색 반바지와 반소매 티셔츠에 미리 신고 오라고 한 하얀 양말의 조합은 진심으로 웃음을 노리고 있음을 보여주는 증거다. 골판지를 말아서 초록색과 하얀색 도화지를 붙여 만든 모자는 급조한 티가 역력하다.

"다치바나, 잘 어울린다!"

악의라고는 1밀리그램도 없는 사쿠라바의 감탄사가 교실에 울려 퍼졌다. 나도 안다, 이 말에 비꼬려는 의도는 전혀 들어 있지 않다는 것을. 나는 최선을 다해 흘려들었다.

"……그래, 고마워."

"파가 쓰는 모자, 동그래서 귀여워."

즐거운 듯한 사쿠라바의 목소리에 내 정신력이 흔들리기 시작했다. 이 의상이 어울린다고 칭찬받는 건 전혀 기분 좋지 않거든. 제발 아무 말 말아줬으면 좋겠다.

사쿠라바는 혼자서 초생강 역을 맡았다. 그 외 대다수가 밥과 달걀 역할을 하니까, 붉은색 초생강은 어떤 의미에서 주역일지도 모른다. 의상에도 힘을 줬는지, 빨간색과 분홍색이 섞인 원피스에 리본까지 달려 있다. 시민회관에 도착하자, 그 귀여운 모습을 보고 같이 기념 촬영을 하자고 부탁하는 사람이 한 반은 될 정도로 모여들었다.

분장 댄스는 1학년부터 순서대로 시작한다. 1학년 D반의 분장 주제는 무도회. 여학생들이 입은 드레스가 화려했다. 의상 수준이 높다.

다만 정해진 예산에 맞추기 위해서 남학생들이 희생했다는 게 한눈에 보였다. 조끼와 나비넥타이는 직접 만들었지만, 셔츠와 바지는 여름 교복을 그대로 입고 있다.

음악이 시작되자 천천히 왈츠를 추기 시작했다. 1학년은 이번이 첫 참가다 보니 데리고 있는 물고기들도 대부분 긴장해서 어색하게 헤엄치고 있다.

최선을 다하고 있는 와중에 미안한 말일지도 모르지만, 우아한 음악에 어울리지 않는 헤엄이다. 나는 쿡쿡 웃고 말았다.

얼마 지나지 않아 박수가 멈췄다. 드디어 우리 순서다. 우리는 무대 한쪽 구석에서 분장 리더를 중심으로 둥글게 모였다.

리더의 선창을 기다리며 아이들 모두의 물고기가 힘차게 튀어 오르고 있었다. 사쿠라바의 물고기도 바쁘다. 긴장감보다는 무대에 서는 것에 대한 기대감이 가득해 보였다.

분장 리더는 크게 심호흡을 했다.

"자, 가자! 얘들아, 볶음밥은?"

"파라파라가 최고야!"

일제히 점프한 물고기와 함께 우리는 저마다의 위치로 흩어졌다. 무대 중앙으로 나왔을 뿐인데, 관객석에서 웃음소리가 들려온다.

요리하는 소리가 들리기 시작하자, 파들은 일제히 사방으로 뒹굴었다. 밥과 달걀 역할의 친구들이 손을 잡고 달리다가 껑충 뛰며 1분간 보이지 않는 장애물경주를 한다. 대부분의 반 친구들은 이것만으로도 체력이 바닥났을 것이다.

그동안 사쿠라바는 관객을 향해 손을 흔들며 팬 서비스를 하느라 바빴다.

연기가 중반으로 접어들 무렵, 음악이 갑자기 유로 비트의 댄스 뮤직으로 바뀌었다. 신나는 음악에 맞춰서 파라파라 댄스를 추기 시작한 순간, 와르르 폭소가 터져 나왔다. 반 아이들 모두의 물고기가 세차게 뛰어오르며 근처에 있는 다른 아이의 물고기와 뒤섞여 하나의 큰 무리를 형성했다. 모두 힘들 텐데도 환희에 젖은 것을 알 수 있었다. 나도 그 분위기에 휩쓸려 자연스레 웃음이 나왔다. 부끄러웠지만, 열심히 연습한 보람은 있었던 것 같다.

박수갈채를 받으며 대기석으로 돌아가, 파 모자를 벗었다.

모자가 없어도 초록색 반바지와 티셔츠에 하얀 양말 차림이 이상하다는 데는 변함이 없다.

"와! 재미있었다!"

사쿠라바의 물고기는 긴장에서 해방되어 후련하다는 듯이 헤엄치고 있다.

내가 대답하려 하는데, 나와 사쿠라바 사이에 같은 반 미카미가 끼어들어 앉았다. 미카미가 데리고 있는 일곱 마리의 업사이드다운캣피시는 배를 위로 한 채 둥실둥실 떠 있다.

대기석에 있을 때 내 옆자리는 미카미의 자리가 맞지만, 말도 없이 사이에 끼어들다니. 그의 마음속에 맴도는 부정적인 감정을 어쩔 수 없이 느끼게 된다.

미카미는 좌우에 있는 나와 사쿠라바를 기세 좋게 쳐다보고는, 자신의 달걀 의상을 잡아당기며 이렇게 말했다.

"신호등."

들떠 있던 주위 공기가 차갑게 식었다. 사쿠라바마저도 뭐라 대꾸할 말을 찾지 못했다.

분장 댄스 대회가 끝나고 학교로 돌아오자, 반별 부스를 돌아볼 시간이 되었다. 하지만 사쿠라바의 모습은 보이지 않았다. 내일 나와 함께 부스를 둘러보기 위해서 오늘은 사진 촬영 및 고백을 포함한 그 외 여러 가지 이벤트를 해치우는 중이다.

대파 의상에서 간신히 해방되어서, 다른 반 부스에서 감자

빵을 산 뒤 옥상으로 향했다. 사쿠라바가 선생님께 부탁해 걸어 잠근 건 아닐까 걱정했지만, 문은 잠겨 있지 않았다.

하늘에 구름이 끼기 시작한 덕에 그늘에 있으면 그리 덥지 않다. 아직 온기가 남은 감자빵은 달콤 짭짜름했다. 몇 장 읽고 방치해두었던 소설을 가방에서 꺼내 펼쳤다. 겨우 몇 페이지나 읽었을까, 나는 피곤했는지 어느새 깜빡 잠이 들어버렸다.

옥상에 부는 세찬 바람에 눈을 떴다.

휴대전화를 확인하자 1시간 정도가 지나 있었다. 사쿠라바로부터의 연락은 없다. 어지간히 바쁜 모양이다. 나는 다시 책을 펼치고, 하교 시간이 되기까지 오랜만에 평화로운 시간을 만끽했다.

"저기 봐, 집사 카페래! 들어가보자!"

축제 이틀째. 사쿠라바는 내키지 않아 하는 나를 끌고 2학년 C반에서 하는 집사 카페로 들어갔다.

"다녀오셨습니까, 아가씨, 주인님."

우리를 맞이한 것은 집사 차림의 다카세였다. 긴소매, 긴바지에 하얀 장갑까지 끼고 있다. 선풍기밖에 없는 한여름의 교실에서 이런 옷차림은 지옥 같을 텐데. 게다가 다카세는 야구

부원이다. 짧은 머리에 검게 그을린 피부는 집사의 이미지와
는 맞지 않는 느낌이다.

자리로 안내받은 우리는 집사 카페의 콘셉트에 맞춰 아이스
티를 주문했다.

"와, 시원하다!"

차가운 아이스티는 아주 맛있었다. 얇게 자른 레몬이 곁들
여진 세련된 유리컵을 보고, 세심하게 신경 쓴 것에 감탄했다.

"우리는 12시부터 부스 당번인데, 이렇게 제대로 할 수 있으
려나?"

"웃는 얼굴로 대응하면 문제없어!"

분명 반짝이는 미소를 지으며 말하고 있을 것이다. 사쿠라
바 정도의 미소녀라면 미소를 흩뿌리기만 해도 어떤 잡동사니
든 팔아치울 수 있을 게 분명하다.

내 웃는 얼굴에 그만큼의 가치는 없을 테니, 이 한여름에 조
리실에서 더위와 싸우는 강한 남자가 되자.

"다치바나도 좀 더 웃으면 좋을 텐데."

"감정의 기복이 별로 없어서 말이야."

"내가 까꿍 놀이라도 해줄까?"

"대상의 연령을 좀 생각해줬으면 좋겠는데."

집사 카페를 즐긴 뒤 3학년 B반의 미술 전시회를 방문했다.
교실 한가운데에는 인어가 앉아 있다. 마네킹을 개조해서 만

들었는지, 관절의 이음새를 긴 머리카락과 진주처럼 보이는 비즈로 감추고 있다.

"엄청 긴 인조 속눈썹을 붙였어!"

"사쿠라바, 너 감성이 부족하다는 말 자주 듣지 않아?"

얼굴도 사실적으로 그려져 있었는데, 맑은 에메랄드색 눈동자는 신기하게도 촉촉하게 젖어 있는 듯 보였다.

하반신에도 촘촘히 붙은 비늘이 정교하다. 창문으로 들어오는 햇살을 반사해 반짝이는 모양이 마치 진짜 비늘 같았다.

두 장 정도 사진을 찍고, 다음 장소로 가고 싶어 하는 사쿠라바와 교실을 뒤로 했다.

"줄 서다 보니 오전이 순식간에 지나가네."

내가 그렇게 말하자 사쿠라바가 작게 한숨을 쉬었다.

"아이, 진짜 싫다. 지금부터 또 미인선발대회 참가자 소집이 있어서 가봐야 돼. 에휴, 아직 구경하고 싶은 곳이 많은데……."

"무슨 소리야, 다른 애들은 얼마나 부러워하는 기횐데."

"작년에도 했는걸."

"올해까지 석권하면 얼마나 멋있겠어."

"난 이제 하기 싫단 말이야."

떼를 쓰는 모습이 이웃집의 어린아이와 똑 닮았다.

"음, 그럼 이번에 또 뽑히면 1학년 B반의 트로피컬주스 사줄게.”

“정말?”

“대신 그랑프리를 못 받으면 내가 얻어먹는 걸로.”

“그런 게 어디 있어! ……알았어. 그렇다면 열심히 해봐야지! 그럼 난 필요한 게 있어서 잠깐 갔다 올게!”

잠시 생각한 뒤, 갑자기 크게 기합을 넣더니 사쿠라바는 내 앞에서 로켓처럼 달려가버렸다. 트로피컬주스 하나로 이렇게 의욕을 불태우다니, 더더욱 어린아이 같다.

생각보다 빨리 해방된 나는 교실로 가서 가방에서 책을 꺼냈다.

“다치바나, 너 사쿠라바랑 사귀는 거야?”

이름도 모르는 여학생이 갑자기 물었다.

최근 내가 가장 많이 받는 질문이다. 계속 아니라고 말하는데도 도대체 줄어들 줄 모르는 이 질문, 나도 이제는 대답하기 지겹다.

“아니, 진짜 그런 거 아니라니까.”

간신히 이렇게만 말하고 옥상으로 가는 계단을 올랐다.

체육관과 교정에서는 뭔가 행사가 개최되고 있다. 어딜 가도 시끄럽다. 유일하게 사람 소리에서 멀어질 수 있는 옥상. 어제보다 강한 햇살에 나른함을 느끼며 책을 집어 들었다.

새파란 하늘에 구름이 하나둘 흘러갔다.

사쿠라바가 없어지면, 곧바로 혼자만의 세계가 되돌아온다. 요즘 들어 그 격차를 실감하는 순간이 늘었다. 지금까지 아무렇지 않게 생각했던 혼자만의 공간이 얼마나 고요한지 새삼 느낀다.

많은 사람이 오가는 학교 건물에는 그만큼 물고기들도 모여 있어서 커다란 하나의 덩어리처럼 보인다.

저렇게 사람이 많이 모이는 행사를 다들 참 좋아하는구나. 그리고 금방 다른 사람과 친해져서 추억을 만들 수 있다니, 어떻게 그렇게 쉽게 해내는 걸까?

미지근한 바람을 맞으면서 그런 생각을 하고 있는데, 절대 잘못 볼 수 없는 그것이 내 눈앞에 나타났다.

"이럴 수가……!"

옥상에서 계단을 뛰어 내려갔다. 다른 사람과 부딪히지 않도록 조심하며 가능한 한 서둘렀다.

저 시커먼 몸통, 곳곳에 보이는 상처 같은 하얀 선, 유유히 넓은 바다를 유영하는 듯한 거대하고 느긋한 움직임. 전에 카페에서 봤던 고래다.

학교 복도에서 삐져나온 커다란 몸통이 옥상에서 보였다.

"아마 2층일 거야."

위에서 내려다보기에는 아마 2층 언저리에서 고래의 몸통이 보인 것 같았다. 4층 건물의 꼭대기에서부터 계단을 뛰어 내려가 2층에 도착하자마자 주위를 둘러보았다.

각 반에서 연 부스마다 기다리는 줄이 있어서, 복도는 사람과 거기 깃든 물고기들로 북적거렸다. 고래는 어디에도 보이지 않았다.

"아……, 왜 없지……?"

심장은 아플 정도로 세차게 뛰고 있다. 이렇게 가까운 곳에서 또 희생자가 생길지도 모른다고 생각하니 이마와 손에 땀이 배어났다.

위에서 내려다본 고래의 모습이 계속 머릿속에서 재생된다. 혹시 3층이었던 건가? 위층으로 다시 올라갈까 망설이던 찰나에 누군가가 내 어깨를 붙잡았다.

"다치바나, 뭐 해?"

돌아보자 사쿠라바의 물고기가 내 시야를 가득 채웠다. 이 혼잡한 와중에 어떻게 나를 발견한 걸까? 고래라는 커다란 표적조차 놓치고 마는 나와는 완전히 다르다.

사쿠라바의 왼손에는 간식거리가 가득 담긴 주머니가 들려 있었다.

"어, 그게……. 아니, 그건 뭐야?"

"아, 미인선발대회에서 나눠주려고. 그러면 표를 더 받을 수 있다고 선배가 말하는 걸 들은 적이 있어서. 이번에도 꼭 그랑프리 받아서 트로피컬주스 사달라고 해야지."

“……얼마나 들었어?”

“글쎄, 천 엔 정도였나?”

“그럴 돈으로 주스를 사 먹으면 되는 거 아니야?”

잠시 머뭇거린 것은 사쿠라바도 그렇게 생각했기 때문일 것이다.

“그럼 열심히 해봐. 나는 찾는 게 있어서. 먼저 가볼게.”

“어, 안 돼! 12시부터 우리 매장 당번이잖아. 우리도 가야 해.”

시계를 보자 당번 시간이 되기 15분 전이었다. 계속 고래를 찾고 싶은 마음이 간절했지만, 그렇다고 당번을 내팽개칠 수는 없다.

나는 가정 실습실로 가서 베이비카스텔라 굽기 당번과 교대했다. 사쿠라바는 2학년 A반 교실로 돌아가 계산을 맡았다.

카스텔라를 굽는 달콤한 냄새가 가득하다. 베이비카스텔라는 인기가 있어서, 나는 손을 멈출 새가 없었다. 카스텔라를 구우면서도 틈틈이 복도를 지나가는 손님이나 창밖으로 보이는 교정의 사람들을 살폈다. 즐거운 듯 손을 잡은 커플과 학교 외부의 방문객이 컵에 든 베이비카스텔라를 맛있게 먹고 있다.

당번을 맡은 2시간은 금방 끝났다. 하지만 고래는 더 이상 보이지 않아서, 이제 돌아갔나 생각했다.

고래가 깃들어 있다니, 대체 어떤 사람일까? 자신의 고래가 다른 사람의 물고기를 먹어치우고 있다는 것을 알면 뭐라고 생각할까?

뭐라고 생각하긴, 나보고 머리가 이상해졌냐고 하겠지. 필사적으로 찾고 있기는 하지만, 고래가 깃들어 있는 사람을 발견한다 한들, 나는 대체 뭐라고 말하면 좋을까?

"그럼 저는 이만, 두 번째 그랑프리를 따러 갔다 오겠습니다."

사쿠라바는 빨간 앞치마를 개서 책상 위에 올려놓은 뒤, 나에게 경례를 하고 교실을 나섰다.

이제 곧 미인선발대회가 시작되고, 그다음으로 동행 무대가 이어진다. 많은 사람이 행사가 진행되는 체육관으로 향하고 있다. 사쿠바라의 활약을 지켜보기 위해 나도 인파에 섞여 들어갔다.

커튼을 닫아서 컴컴한 체육관에 컬러풀한 조명이 반짝인다. 빨강, 초록, 파랑, 노랑으로 조명의 색깔이 바뀌고 흥겨운 음악이 크게 울려 퍼졌다. 작았던 박수 소리가 음악에 맞춰 점점 커진다. 무대의 빨간 커튼이 열리기를 모두가 기다리고 있다.

"여러분, 오래 기다리셨습니다. 우리 학교가 자랑하는 절세미녀들 중, 누가 그랑프리의 주인이 될 것인가! 이 미인선발대회는 여기 있는 모든 분이 투표하실 수 있습니다. 그랑프리에 가장 잘 어울린다고 생각하는 후보에게 한 표를 부탁드립니다. 그럼 곧 시작합니다!"

학생회장의 발언이 끝나자, 음악은 점점 커졌다.

1번 후보부터 차례로 체육관 중앙에 설치된 통로를 걸어간다. 반의 단체 티를 입고 단합을 호소하는 후보, 교칙을 과감하게 무시한 치마 길이에 고양이 귀까지 착용한 대담한 후보 등 한 사람씩 등장할 때마다 큰 환성과 박수가 쏟아졌다.

"8번 후보, 사쿠라바 스미카!"

사쿠라바의 물고기들은 평소보다 더 크게 튀어 오르며 주위를 헤엄치고 있다. 분홍색 물고기들이 바람에 흩날리는 꽃잎 같았다. 사쿠라바에게만 벚꽃잎을 뿌려주는 옵션이 주어진 듯했다.

사쿠라바는 평소처럼 평범하게 교복을 차려입고, 리듬에 맞춰 빙그르르 스텝을 밟으며 주머니에서 사탕과 쿠키를 꺼내 관객을 향해 뿌렸다.

내가 보기에는 과자와 물고기, 벚꽃이 한꺼번에 흩날리는 느낌이다. 나 혼자만이 동화 속 세계 같은 이 공간에 발붙이고 있다.

"너무 귀엽다! 이쪽 좀 봐주세요!"

내 등 뒤에서만이 아니라 체육관 곳곳에서 비명이 터져 나왔다. 사쿠라바는 무대를 한 걸음 남겨두고 뒤를 돌아보았다. 양손의 브이 사인이 물고기 떼 사이로 튀어나왔다.

주위에서는 기자회견처럼 셔터 소리가 울렸다. 지금까지 지나간 다른 후보들을 압도하는 인기다. 이미 격이 다름을 증명한 것이나 다름없다.

"아무래도 주스를 사야겠는데."

이 정도로 호응을 받다니. 나는 점점 사쿠라바의 얼굴이 궁금해지기 시작했다. 대체 어떤 얼굴이길래 이렇게까지 인기가 있는 걸까?

사쿠라바가 나온 이후에도 몇몇 후보자들이 통로를 지나갔다. 그들은 모두 선명한 색깔의 물고기를 데리고 있었다. 엠퍼러엔젤피시나 옐로래스같이 독특한 무늬나 색깔을 가진 물고기가 눈길을 끈다.

자신감이 있어서 스스로를 긍정할 수 있는 사람의 물고기는 화려하고 그 수도 많다. 미인선발대회를 보면서 다시 한번 그것을 느꼈다.

"그럼 가지고 있는 휴대전화로 투표해주시기 바랍니다."

투표 사이트에는 후보들의 번호와 사진이 올라와 있다. 나는 8번을 선택하고 투표 버튼을 눌렀다.

"자, 그럼 기다리시던 '동행'의 시간입니다! 미인선발대회의 결과는 이 뒤에 발표됩니다! 올해의 동행 무대도 열정을 가득 담아 준비했으니 기대해주세요!"

분장용 안경을 걸친 학생회장이 다시 등장해서 박수를 유도했다. 체육관의 커튼이 젖혀지고, 창문도 모두 열렸다. 단숨에 들이치는 바람이 한여름 체육관의 무더위를 식혀주었다. 주위

가 밝아지면서 수건을 휘두르며 함성을 지르던 남학생과 눈이
마주쳤다.

그 학생은 파랑쥐치를 데리고 있었다. 검은 몸통에 배 쪽의
하얀 반점 무늬가 매우 눈에 띈다. 등과 입 주위는 노란색으로,
세련된 느낌이다.

나는 바로 눈을 피하고, 그저 그의 물고기가 미친 듯이 튀어
오르는 모습을 바라보았다.

지금부터 몇 시간 동안 동행 무대가 이어진다. 체육관에는
점점 더 많은 사람이 밀려 들어왔다. 체육관 밖으로 직접 이어
지는 비상구의 문도 활짝 열려 있어서, 거기에서 안을 들여다
보는 사람도 있었다.

가끔씩 체육관에 불어오는 신선한 바람만이 땀으로 축축해
진 반 단체 티를 입고 있던 나를 살려주는 기분이었다.

바지 주머니에 넣어두었던 휴대전화가 진동했다.

지금 어디쯤에 있는지를 묻는 사쿠라바의 연락이었다. 위치
를 알려주더라도 이런 상황에서 여기까지 찾아오기는 어려울
것이다.

일단 공연이 잘 보이는 무대 앞쪽에 있다는 것만 알려주고
화면을 닫았다.

우렁찬 드럼 소리가 체육관을 뒤흔들었다. 더위로 멍해졌던
머리가 귓가에 쿵쿵 울리는 소리에 퍼뜩 정신을 차렸다. 놀란

것도 잠시, 곧 리듬이 빨라지더니 거기에 맞춰 기타가 가세했다. 소리는 금세 음악으로 바뀌었다. 박수 소리까지 더해져 체육관은 순식간에 콘서트장으로 변모했다.

연주하고 있는 사람의 물고기는 무대를 보고 있는 사람들의 물고기 이상으로 미친 듯이 날뛰며 계속해서 튀어 오르고 있다. 기타 소리가 길게 울려 퍼지자, 그것을 신호로 요즘 유행하는 애니메이션 주제가가 연주되기 시작했다. 고등학생이라고는 믿어지지 않는 연주 실력에 나는 그저 멍하니 서서 음악에 몰입했다.

작년에도 이렇게 마음을 뜨겁게 달구는 연주를 했다면 들으러 올 걸 그랬다. 사실은 올해도 옥상에서 시간을 때울 예정이었는데, 이렇게 바로 앞에서 동행 무대를 보고 있다. 잠시나마 사쿠라바에게 고맙다는 마음이 들었다.

연주가 끝나자 박수와 환호성이 체육관을 가득 채웠다. 연주자의 이름을 외치는 사람, 앙코르를 외치는 사람도 있다. 그러나 시간 관계상 앙코르는 진행되지 않은 채 연주자는 무대를 내려갔다.

많은 사람이 동영상을 찍고 있었다. 이렇게 수준 높은 연주라면 용량을 좀 차지하더라도 보존할 가치는 충분하다.

다음 차례인 사람이 무대에 오르자, 체육관의 공기가 차분해졌다. 그리고 동시에 여학생들 몇 명이 비명을 질렀다.

은테 안경을 쓰고, 긴 머리카락을 숨기려는 듯 모자를 쓰고 있다. 구부정하던 그 모습이 아니다. 당당하게 가슴을 펴고 그 자리에 선 사람은 바로 시미즈였다.

고요해진 무대 위에 그는 고개를 숙인 채 홀로 서 있었다. 바이컬러도티백이 크게 펄떡이는 모습을 보고 시미즈가 몸이 근질거리는 것을 꾹 참고 있다는 것을 알았다.

갑자기 음악이 시작되었다. 예고 없이 끼어드는 기계음에 맞춰서 시미즈는 마디마디를 꺾으며 몸을 움직였다. 목의 움직임도, 팔의 움직임도 거의 인간이라는 느낌이 없어서 누가 로봇이라고 말해도 납득해버릴 정도다.

시미즈가 로봇 댄스를 시작한 순간, 깜짝 놀랄 정도의 환호성이 터져 나왔다. 상상조차 해본 적 없는 광경에 많은 사람이 눈을 떼지 못했을 것이다.

바이컬러도티백을 데리고 있는 사람은 자신을 표현할 수 있는 기회를 어떻게든 찾아낸다. 나는 시미즈의 춤을 보고 그렇게 생각했다.

시미즈는 남들이 모르는 곳에서 몇 시간씩 꾸준히 연습한 끝에 이렇게 멋진 공연을 보여줄 수 있게 되었다. 오늘 시미즈가 교실로 다시 돌아오면 그를 보고 꺼림칙하다고 말하는 사람은 아무도 없을 것이다. 눈부신 시미즈의 모습이, 솔직히 부러웠다.

체육관 안에 있는 모든 사람의 물고기가 힘차게 튀어 오르고 있다. 물고기들은 음악에 맞추어 점프하며 물결을 만들었다. 마치 한 몸처럼 비늘을 반짝이며 무대라는 물가를 향해 파도친다.

음악에 딱 맞춰 움직임을 멈춘 시미즈의 입가에는 은은한 미소가 걸려 있었다. 멈추지 않는 박수 소리가 온 체육관에 울려 퍼졌다. 몇 명은 벌써 팬이 됐는지, 시미즈의 이름을 체육관이 떠나가라 외치고 있었다.

열기가 가득한 체육관에서 시미즈는 인사를 남기고 무대 뒤로 모습을 감췄다. 아직 흥분이 사그라들지 않은 관객석에선 너무 멋있었다는 감탄이 여기저기서 튀어나왔다.

쿵쾅거리는 가슴을 부여잡고 여운에 젖어 있던 나는 이제까지의 미지근한 바람과는 다른 가벼운 바람이 살며시 불어오는 것을 느꼈다.

누가 부채질을 하고 있는 걸까?

다음 순간, 뒤쪽에서부터 내 머리 위를 커다란 입을 벌린 그 녀석이 그림자도 없이 지나갔다. 체육관 안의 물고기들은 다 함께 모여 거대한 물고기 떼를 이루고 있었다. 시커먼 고래는 마치 노리고 있었던 것처럼 망설임 없이 물고기 떼를 입속에 쓸어 담았다.

소리도 내지 못한 채, 나는 반사적으로 몸을 웅크렸다. 주위 사람들이 이상하다는 듯이 나를 바라보고 있다. 그들의 물고기가 내 눈앞에서 통째로 삼켜졌다. 한 마리도 남지 않았는지까지는 확인할 여유가 없었다. 눈앞에서 대량의 물고기가 차례로 잡아먹혔다.

처음 고래를 조우했을 때 느꼈던 초조함이 폭발하듯이 되살아났다. 바로 이 근처에 고래가 깃들어 있는 그 인물이 있을 것이다. 나는 사람들을 밀치면서 출구 쪽으로 향했다.

외부 방문객이 상상 이상으로 많아서 좀처럼 앞으로 갈 수가 없었다. 몇 번이나 사과하면서, 큰 입으로 물고기를 삼키는 고래를 어떻게든 멈추려고 필사적으로 앞으로 나갔다. 흥분해 있던 관객들이 점점 진정되어간다. 상당한 수의 물고기가 잡아먹혔다는 증거다.

하타노를 만난 날, 내가 느낀 위화감은 잘못 생각한 것이 아니었다. 그때, 콘서트를 보러 가는 길임에도 물고기들이 전혀 튀어 오르지 않았던 것은 바로 그 고래 때문이었다.

커다란 고래에게 공포를 느낀 물고기들이 몸을 숨기고 있었던 것이다. 그렇다면 적어도 고래가 지나간 길목에서는 물고기들이 잠잠해져 있을 것이다.

나는 튀어 오르는 물고기들 틈에서 가만히 멈춰 있는 물고기들을 찾아 따라갔다.

"다치바나! 간신히 찾았다!"

튀어 오르는 물고기 떼에 둘러싸인 사쿠라바가 내 앞에 나타났다. 가까이에 거대한 고래가 있다. 사쿠라바가 여기 있으면 피해를 입을 가능성이 높다.

"사쿠라바, 다음 동행 무대까지 시간이 좀 비는 모양이니까, 옥상에서 잠깐 얘기 좀 하자. 먼저 가 있어!"

"뭐? 잠깐만 기다려! 같이 가자!"

사쿠라바가 내 티셔츠를 잡아당겼다.

이러고 있는 동안에도 고래는 물고기들을 먹어치우고 있다. 물고기들의 희생이 계속 늘어가자 나의 조바심은 정점에 달했다.

"사쿠라바, 고래가 이 체육관에서 사람들의 물고기를 모두 먹어치우고 있어. 빨리 고래가 깃들어 있는 사람을 찾아내야 해. 그러지 않으면 더 많은 물고기가 희생당할 거야. 물고기가 줄어들면 어떻게 되는지는 전에 이야기했지? 네 물고기는 아직 잡아먹히지 않았으니까, 빨리 옥상으로 도망쳐……!"

이런 이야기를 믿어줄까, 하는 불안감이 순간 스쳐갔지만, 사쿠라바의 얼굴이 보이지 않을 정도로 주위를 에워싸고 있는 물고기들을 믿어보기로 했다.

"……알았어."

크게 고개를 끄덕인 것을 알 수 있었다. 사쿠라바는 출구로 향하고, 나는 멈춰 있는 물고기들을 찾으며 계속 전진했다.

얌전해진 물고기들 끝에, 한 남자가 있었다. 진한 회색 와이

셔츠와 검은색 바지를 입고, 빨간 스니커즈를 신고 있다. 어깨에 닿을 정도로 긴 머리에, 얼굴은 여기에서 보이지 않았다.

남자는 이미 체육관의 비상구를 통해 밖으로 나가 있었고, 그 뒤를 따르듯이 커다란 고래도 둥실둥실 헤엄쳤다.

"거기 서!"

간신히 체육관을 빠져나와 뛰어가며 외쳤다. 고래의 거대한 몸 때문에 주위를 살피기가 어려워, 갑자기 눈앞에 나타난 사람과 부딪히고 말았다.

"죄송합니……, 어? 너 왜 여기 있어?"

부딪힌 충격으로 비뚤어진 안경을 고쳐 쓰고 있는 그 사람은 바로 하타노였다.

"사쿠라바가 놀러 오라고 해서. 다른 학교 축제는 처음 와봤는데……, 사람이 어마어마하구나. 멀리서 다치바나가 보이길래 부지런히 걸어왔는데……."

하타노는 사람에 치여서 정신이 없는지, 어딘가 핼쑥해 보였다.

"아, 미안. 사쿠라바는 옥상에 가 있으니까 먼저……."

"좀 전에…… 사쿠라바를 만났는데 다치바나를 찾고 있었어……. 다치바나를 발견하면 데려오라고……. 미안, 사람이 너무 많아서 좀 어지러워…… 속이 좀 안 좋은데……, 미안하지만 보건실에…… 안내를 좀……."

하타노는 간신히 말을 잇고 있다. 이마를 짚었다가 입을 막았다가 하는 모습이 당장이라도 쓰러질 것 같다.

금세 작아져가는 고래의 뒷모습을 나는 또 지켜볼 수밖에 없었다. 체육관 안으로 다시 돌아가기는 겁이 나서, 밖으로 돌아서 보건실로 향했다.

"괜찮아? 오늘 날씨가 하도 더워서 그런지도 모르겠다."

침대에 누워서 쉬는 하타노에게 말을 걸었다. 하타노는 끙끙거리기만 할 뿐, 대화가 이어지지는 않았다.

그 고래는 혹시 사람들이 많이 모이는 장소에 찾아와서 물고기를 집어삼키고 있는 걸까? 고래가 깃들어 있는 사람은 어떤 인물일까? 고래와 비슷한 성격이라니, 상상도 되지 않는다.

애초에 그 사람은 자신의 고래가 물고기를 잡아먹고 있다는 사실조차 모르고 있을지도 몰랐다. 사람들이 모이는 장소에 그저 구경 삼아 찾아온 거라면 민폐가 따로 없다.

오늘 처음으로 고래가 깃들어 있다고 생각되는 인물을 봤다. 하지만 그 사람을 붙잡는다 해도, 어떻게 하면 고래를 멈출 수 있을까? 도저히 해결할 수 있을 것 같지 않은 문제가 머릿속에서 꼬리를 물고 소용돌이쳤다.

하타노는 30분 정도 지나서야 간신히 몸을 일으켰다.

"정말 미안해. 이제 좀 괜찮아진 것 같아……."

얼굴색이 한결 나아진 하타노는 이불 위에 벗어두었던 안경을 찾아 썼다.

"아……! 사쿠라바가 기다리고 있을 텐데, 잊고 있었다!"

나는 아무런 연락도 없이 사쿠라바를 기다리게 했다는 것을 생각해냈다. 휴대전화를 봤지만 연락은 없었다. 이건 화가 났다는 뜻인지도 모른다.

하타노에게는 천천히 오라고 당부하고, 옥상으로 향하는 계단을 뛰어 올라갔다. 1층부터 옥상까지 단숨에 계단을 오르다 보니 허벅지 안쪽이 땅겨왔다. 숨을 헐떡이면서 무릎에 손을 짚었다. 그리고 눈앞의 문을 열었다.

활짝 열어젖힌 문 앞에는 아무도 없는 무기질의 콘크리트 옥상이 펼쳐져 있었다. 숨을 고르면서 사쿠라바의 이름을 불러보았다. 내 목소리만 울려 퍼질 뿐 대답이 없다. 휴대전화를 꺼내 전화를 걸어보았지만 받지 않는다. 끝없이 흘러나오는 통화 연결음이 내 안의 공포심을 서서히 부채질했다.

"설마…… 고래의 표적이 된 건……."

점점 짙어지는 불안에 짓눌린 채 나는 계단을 내려갔다. 다리는 이미 한계에 달해서 몇 번이나 힘이 풀려 넘어질 뻔했다. 복도를 지나, 교실로 향한다. 그동안에도 사쿠라바의 모습은 전혀 보이지 않았다.

교실 문을 열자 같은 반 친구들이 여럿 모여 있었다. 그 중심에 물고기 떼에 둘러싸인 사쿠라바가 앉아 있는 것이 보였다.

휴, 다행이다. 옥상은 해가 뜨거워서 교실에 와 있었구나. 나중에 기다리게 해서 미안하다고 사과해야지.

안도한 나머지 그 자리에 털썩 주저앉을 뻔했지만, 나는 기운을 쥐어짜서 교실 안으로 들어갔다.

"야, 다치바나, 너 물고기가 보인다며?"

말을 나눠본 적도 없는 남학생이 엷게 웃음을 띠고 물었다.

갑작스러운 말에 나는 아무 대꾸도 하지 못하고 상황을 이해하려 애썼다. 내 눈이 말도 안 되게 흔들리고 있는 것이 느껴졌다. 손발이 덜덜 떨리며 감각이 사라지고, 숨이 막혔다. 가슴이 점점 답답해졌다. 식은땀이 등을 타고 주르륵 흘러내렸다.

목소리가 전혀 나오지 않는다. 그 이전에 머릿속이 완전히 새하얘져서, 무슨 일이 일어나고 있는지 이해가 되지 않았다.

"그런 말로 사쿠라바를 속여서 가까워지려고 한 거야? 어쩐지 이상하다 싶었어. 너 같은 놈이랑 사쿠라바가 친하게 지낸다니 말이야. 물고기가 보인다는 건 또 무슨 소리야. 소름 끼치니까 농담도 적당히 좀 해."

교실에 있는 모두가 나를 비웃고 있다. 킥킥거리는 웃음소리가 귓가에 메아리쳤다. 머릿속에선 초등학교 시절 친구들까지 함께 웃고 있는 것처럼 들렸다.

사쿠라바는 내 말이 거짓말이 아니라고 필사적으로 설명하고 있었지만, 감쪽같이 속아 넘어가다니 불쌍하다는 동정의 말에 그마저도 묻혀버렸다.

머릿속에서 사라지지 않는 초등학교 시절의 트라우마. 앞으로 또 같은 일을 당한다고 생각하니 절망감에 눈앞이 캄캄해졌다.

"얘들아! 그런 거 아니야. 거짓말이 아니라 다치바나는 정말 보이는 거라니까!"

주위의 웃음소리에 지지 않으려고 사쿠라바는 목소리를 높였다. 사쿠라바 옆자리에 앉아 있던 남학생이 사쿠라바의 어깨를 잡고 이렇게 물었다.

"사쿠라바……, 너 혹시 다치바나 좋아해?"

말도 안 된다는 걸 알면서도 교실 안은 동행 무대 때처럼 달아올랐다. 깜짝 놀란 사쿠라바의 물고기 떼가 분주히 헤엄쳤다.

"그럴 리 없잖아!"

충분히 예상 가능한 사쿠라바의 대답이 또렷하게 들려왔다. 그 말에 모두가 손뼉을 치며 웃었다. "안타까워서 어쩌나" "아무래도 좀 그렇긴 해" 듣고 싶지 않은데도, 이런 목소리 하나하나가 이상하리만치 선명했다. 사쿠라바의 당연한 대답이 뭐가 그렇게 웃긴 걸까.

결국 한 마디도 대꾸하지 못한 채, 나는 교실 밖으로 나왔다. 메스꺼운 기분이 한계에 달해, 토할 것만 같았다. 이런 일이 일어나버리다니. 혹시 꿈은 아닐까? 몇 번이나 헛된 기대를 품었다.

"잠깐만, 다치바나!"

등 뒤에서 사쿠라바의 목소리가 들렸다.

믿었는데. 말로 표현 못할 분노가 나의 떨리는 다리를 움직였다. 아무 생각도 할 수 없는 와중에, 혐오감만이 온몸으로 느껴졌다.

도망치고 싶다. 그 마음 하나로 계단을 뛰어 내려갔다. 층계참에서 음악실 문이 보였다. 이대로 도망쳐도 신발을 갈아 신으려면 따라잡힐 수밖에 없다. 일단 숨어야겠다고 생각한 나는 무거운 문을 밀어젖혔다.

아무도 없는 음악실. 문을 닫자 고여 있던 열기가 내 몸에 엉겨 붙었다.

고요하다. 아무 소리도 들리지 않아 마음에 놓였다.

갑자기 다리의 힘이 풀려 무릎을 꿇었다. 눈물이 끝없이 줄줄 흘렀다. 간신히 들이마신 공기는 오열로 바뀌어 바로 빠져나갔다. 숨쉬기가 괴로워서, 손과 팔로도 바닥을 짚었다. 차가운 바닥이 기분 좋았다.

졸업 때까지 그때와 똑같은 나날을 보내야 하는 걸까? 눈물이 코를 타고 바닥으로 뚝뚝 떨어졌다. 가슴이 찢어질 것만 같다.

음악실 문이 소리 없이 천천히 열렸다.

"다치바나……."

그 자리에 쓰러진 채 눈물을 멈추지 못하고 있는 나를 향해 천천히 다가온다.

"오지 마!"

갑자기 소리를 질러서인지 긴장되어 있던 목구멍이 욱신거렸다. 사쿠라바는 그 자리에 멈춰 섰다.

"저기……."

"어떻게 그럴 수 있어……! 왜? 왜 말한 거야?"

사쿠라바의 변명 따위 듣고 싶지 않다. 도저히 억누를 수 없는 시커먼 감정이 멈출 새도 없이 터져 나왔다.

배신당했다. 사쿠라바에게 배신당할 줄은 생각도 못 했다. 나는 공기 같은 존재로 있을 수만 있으면 됐는데. 이제 그것조차 불가능하다니.

제대로 숨도 쉬기 힘든 이런 고통을, 사쿠라바는 맛본 적도 없으면서.

마음속에서 겹겹이 소용돌이치는 감정을 도저히 제어할 수 없었다. 어떻게든 진정해보려고 할 때마다 눈물이 터져 나왔다. 시야가 흐려져서 아무것도 보이지 않았다.

"미, 미안……. 정말 미안해……. 옥상으로 올라가는 도중에 누가 불러서…… 다치바나가 옥상에서 기다리고 있으라고 했다고 거절했더니, 고백이라도 하는 거 아니냐고 놀리길래……. 그런 거 아니라고 말해도 안 믿어줘서……."

코를 훌쩍이는 소리가 들렸다. 사쿠라바도 울고 있다.

"정말 미안해……!"

사쿠라바의 발소리가 들린다. 나는 가까이 오지 말라고 다시 한번 뿌리쳤다.

"다시는 네 얼굴 보고 싶지 않아."

지금까지도 어차피 물고기밖에 보이지 않았지만.

아직 후들거리는 다리에 손을 짚고 일어섰다. 사쿠라바 옆을 지나서, 교실에 다시 돌아가지 않고 그대로 학교를 뛰쳐나왔다. 우는 모습은 아무에게도 보이고 싶지 않았다.

어째서 나만 항상 이런 기분을 느껴야 하는 걸까? 물고기만 보이지 않았다면 훨씬 평범하게 살아갈 수 있었을 텐데.

이런 것만 보이지 않으면, 내가 상처 입는 일도, 상대방을 상처입히는 일도 없을 텐데. 제발 사라져버려, 이런 무의미하고 아무런 도움도 안 되는 능력 따위.

계속 나를 뒤흔들어놓기만 하는 이 능력이, 지금 당장이라도 사라졌으면 좋겠어. 그 어느 때보다도 간절히, 진심으로 그렇게 바랐다.

우울한 기분으로 눈을 떴다. 또 하루가 시작되고 말았다.

오늘은 종업식과 축제의 뒷정리를 위해 학교에 가야 하는 날이다. 가지 않는다는 선택지도 있지만, 그만큼 개학식 날이 무서워진다.

게다가 어제 무단으로 집에 가버린 일로 선생님이 어머니께 연락을 하고 말았다. 오늘도 결석하면 어머니가 걱정할 것이다.

세면대 앞에 섰다. 계속 운 것 치고 눈은 생각보다 부어 있지 않았다.

"어머, 평소보다 일찍 일어났네."

거실로 향하자 어머니는 부엌에 서 있었다.

"왜 그러니? 그렇게 놀란 얼굴을 하고."

나는 어머니의 물고기가 한 마리도 남지 않은 것을 보고 두 눈을 의심했다. 어제 아침까지만 해도 분명 다섯 마리의 물고기가 헤엄치고 있었는데.

어머니는 이상하다는 듯이 나를 바라보고서, 아침 식사 준비를 계속했다.

"엄마……, 어제 뭐 했어요?"

심장이 무섭도록 세차게 뛰었다. 물고기가 사라졌다는 것은 어제 뭔가 죄를 지었다는 뜻이다. 나는 어머니를 똑바로 볼 수가 없었다,

"어제? 계속 집에 있었어. 네가 학교 축제에는 오지 말라고 하니까."

"집에서, 뭐 했는데?"

"뭐 했냐고? 한국 드라마 봤지. 주인공이 정말 멋있더라. 고급차를 타고 부리나케 달려오는 장면이 있는데 눈을 뗄 수가 없더라고."

그 후로도 어머니는 마침 잘됐다는 듯이 그 드라마의 줄거리, 인상적인 장면, 감상 등을 내가 아침을 다 먹을 때까지 계속 이야기했다.

나는 들은 정보를 가지고 어떤 드라마인지를 찾아보았다. 지금 방송 중인 드라마로, 재방송은 아닌 모양이다.

우리 집에는 녹화 기능이 있는 전자제품도 없고, 어머니는 기계를 다루는 데 서툴러서 자기 휴대전화도 제대로 사용하지 못하는 편이다. 집에서 하루 종일 한국 드라마를 보고 있었다는 말은 사실인 것 같다.

그렇다면 왜 물고기가 없어진 걸까? 집에서 한국 드라마를 보면서 저지를 수 있는 죄가 대체 뭐가 있을까?

"아이고, 피곤하다."

나른한 모습으로 아버지가 거실로 나왔다. 여전히 물고기는 한 마리도 보이지 않는다. 물론 한번 없어진 물고기는 돌아오지 않는다. 아버지는 이미 오래전에 순수한 마음을 잃었다.

아침 식사가 준비되기를 기다리는 동안, 아버지는 내 앞에 앉아서 크게 하품을 했다. 묵직하게 빛을 발하는 반지가 오랜 결혼 생활을 말해주고 있다.

"오늘은 몇 시쯤 와요?"

어머니가 토스트를 접시에 담으며 아버지에게 물었다.

"글쎄, 오늘은 야근할 거니까 저녁 식사는 준비 안 해도 돼."

"알았어요."

짧은 대화는 금방 끝나고, 식탁에서는 생활 소음만 들렸다.

아버지의 물고기가 사라진 이유를 나는 알고 있다. 2년 전, 고등학교 입시를 앞두고 학원에 다니던 나는 늦은 시간 집에 오는 길에 아버지의 뒷모습을 발견했다. 주위에서 헤엄치는 정어리를 보고 아버지라는 것을 확신하고 자전거로 뒤를 따라갔다.

아버지의 등이 점점 가까워진다. 그때 문득 눈치챘다. 아버지 옆에 바짝 붙었다가 떨어졌다 하면서 대화를 하는 여자가 있다는 것을.

두 사람은 어색한 거리감을 유지한 채, 어딘가로 걸어가고 있었다. 여자가 아버지의 손을 잡는 것을 본 순간, 나는 자전거를 멈췄다.

아버지의 옆얼굴에 오랜만에 보는 웃음이 가득했기 때문이다. 정어리들도 작은 몸을 힘껏 튕기며 튀어 오르고 있었다.

수많은 차와 사람 들이 내 옆을 스쳐 지나갔다. 그사이 아버지는 집과 다른 방향으로 여자와 함께 걸어가버렸다. 그날 아버지가 집에 돌아온 것은 12시가 넘은 한밤중이었다.

다음 날 아침, 어제까지만 해도 헤엄치고 있던 정어리들이 더 이상 보이지 않았다. 각오는 하고 있었지만, 마음속으로 큰 충격을 받았다. 아침 식사를 기다리는 아버지의 모습은 평소와 똑같았다. 어젯밤의 일은 내 착각이었던 걸까, 생각했을 정도다. 어머니가 구워준 토스트에, 나는 딸기잼을 발랐다. 어머니는 "어머, 별일이네" 하고 말했다. 항상 먹는 식빵인데, 맛이 잘 느껴지지 않는다. 새콤달콤한 맛만 입속에 희미하게 남아 있었던 것을 기억한다.

아버지는 잠이 부족한지 연신 하품을 하면서, 내 쪽은 한 번도 쳐다보지 않았다.

그날 이래로 아버지가 그 여자와 어떻게 되었는지는 모르지만, 정어리는 두 번 다시 모습을 드러내지 않았다.

"다녀오겠습니다."

인사는 했지만 학교에 가기가 너무 싫다. 하지만 오늘만 참으면 내일부터는 여름방학이다. 그것만 생각하며 나는 집을 나섰다.

오늘 비가 올 예정이라며 어머니가 접이식 우산을 들려주었다. 내 마음처럼 잔뜩 찌푸린 하늘을 보니 오늘 활약을 기대할

만하겠다.

아무 생각도 하고 싶지 않다. 딱히 보고 싶은 것도 없으면서 계속 휴대전화를 들여다보았다. 전철에서 내려 학교까지 걸어가려고 역을 나선 참이었다.

나를 부르는 목소리가 들린다. 듣고 싶지 않은, 사쿠라바의 목소리였다. 못 들은 척하고 도망치듯이 뛰어가려고 했다.

"다치바나!"

내 가방을 붙잡은 사쿠라바의 손을, 나도 모르는 사이에 있는 힘껏 뿌리쳤다.

좀 너무했나.

뒤를 돌아보자, 모르는 여자아이가 멋쩍어하며 서 있었다. 둥글고 큰 눈에 긴 속눈썹, 반듯한 코에 흰 피부. 난생처음 보는 미소녀다.

목소리가 사쿠라바와 똑같다. 나는 모르는 사람의 손을 뿌리쳐버린 줄 알고 어쩔 줄 몰랐다.

"아, 죄송합니다. 그런데…… 누구세요?"

그렇게 묻자 그 아이는 입을 꾹 다물더니, 큰 눈을 글썽거렸다. 간신히 흘러넘치지 않을 정도로 눈에 눈물을 가득 담고, 시선은 내 신발을 향한 채 아무 말이 없었다.

지금 당장이라도 울음을 터뜨릴 듯한 여자아이를 눈앞에 두고, 나는 어찌할 바를 몰랐다.

역 앞을 걸어가는 사람들의 공격적인 시선이 노골적으로 사방팔방에서 날카롭게 나를 찌른다. 어제부터 정말 왜 이러는지 모르겠다. 내가 괴롭혀서 울린 것도 아닌데.

나한테 무슨 볼일인지도 모르겠고, 누구인지도 모르겠다. 무엇보다 이 아이에게는 물고기가 한 마리도 보이지 않는다. 굉장히 착해 보이는데, 내면은 정반대다. 굉장한 미인이지만, 나는 그다지 가까이하고 싶지 않다.

경계하면서 조심스레 그녀를 관찰하는데, 가느다란 상어 스트랩이 주머니에서 삐죽 튀어나와 있었다.

"어……? 사쿠라바……, 맞아?"

눈물을 떨구면서 몇 번이나 고개를 끄덕인다. 어제의 분노 대부분이 싹 날아가버렸다. 물고기 떼는? 머릿속에는 그 생각뿐이었다.

사쿠라바까지 뭔가 범죄를 저질러버린 걸까? 어제까지만 해도 그렇게 많은 물고기를 데리고 있었는데, 그럴 수가 있나? 아니면 그 후로 고래를 만나서 물고기를 잡아먹힌 걸까?

필사적으로 눈앞의 현실을 이해하느라 바빠서 나는 티슈를 꺼내주지도 못했다.

"다치바나, 정말 미안해……. 날 용서해주기는 쉽지 않겠지만…… 그래도 사과하고 싶었어……."

어제 음악실에서 들은 울먹이는 목소리다. 커다란 눈물방울이 턱을 타고 흘러 아스팔트로 떨어진다. 자세히 보니 눈언저리도 새빨갛다.

사쿠라바는 어제 이런 식으로 울면서 사과하고 있었구나. 물고기 떼가 없어져서 얼굴이 잘 보이자 갑자기 죄책감이 싹 텄다.

그와 동시에, 어제의 분노와 좌절감도 내 마음을 사정없이 흔들었다. 이렇게까지 반성하고 울면서 사과하는 사람을 앞에 두고도 바로 용서하지 못하는 속 좁은 나 자신에게도 진저리가 났다.

"이제 됐어. 하지만 당분간은 너랑 이야기하고 싶지 않아. 미안해."

이 정도가 나의 최선이었다. 도저히 떨쳐낼 수 없는 시커먼 감정을 있는 힘껏 깎아내서 간신히 입 밖에 냈다.

사쿠라바는 눈물도 닦지 않은 채 "그래, 알았어"라고 힘없이 대답했다.

나는 먼저 학교를 향해 걷기 시작했다. 학교에 가는 길에도, 도착한 뒤에도 나는 물고기를 볼 수 없었다.

아무도 물고기를 데리고 있지 않다. 고래가 원인이라 해도 한 마리도 남기지 않고 먹어치우는 것은 불가능할 텐데.

물고기가 사라진 것이 아니다. 보이지 않게 된 것이다. 그렇게 생각하는 편이 자연스럽다.

사쿠라바보다 먼저 교실에 도착해, 이미 열려 있던 문을 지나 자리에 앉았다. 순식간에 조용해진 것 같아서 가만히 귀를 기울였더니 다들 뭔가를 속삭이는 소리가 들린다.

초등학생이든, 고등학생이든 평범하지 않은 사람에 대한 반응은 그리 다르지 않구나.

아무도 말을 걸어오지 않는 것은 평소와 똑같다. "잘도 학교에 왔네"라는 반응 다음에 이어질 말이 들리지 않도록 이어폰을 꽂았다.

사쿠라바는 약속대로 아침에도, 점심에도, 집에 돌아갈 때도 말을 걸어오지 않았다. 쉬는 시간마다 여러 남학생이 사쿠라바의 자리 주위에 모여들었지만, 사쿠라바는 자리를 뜨지 않고 그저 멍하니 앞을 바라보고 있었다.

오랜만에 혼자 도시락을 먹었다. 평소에는 한 조각밖에 들어 있지 않은 계란말이가 어째선지 오늘따라 두 조각 들어 있었다.

전에 사쿠라바가 계란말이를 먹고 싶어 했던 것이 떠올랐지만, 나는 두 조각 다 입에 넣어버렸다.

축제의 뒷정리와 종업식이 끝나자 오후 2시가 되었다. 꽤 조용한 하루였다. 가끔 허언증이라든가, 이상한 놈이라든가 하는 말이 들려왔지만, 나도 어느 정도 체념하게 되었다. 사쿠라바 탓에 평온한 일상이 무너진 것은 오늘만의 일이 아니다.

아침에 이야기를 나눈 이래, 우리는 정말 서로 한 마디도 하지 않고 있다.

내가 먼저 말 걸지 말라고 해놓고는, 사쿠라바의 "그래, 알았어"라는 목소리가 오늘 계속해서 내 마음속에서 재생되고 있다. 그때마다 내가 너무 심했나, 하고 후회하게 된다.

그렇게 눈물을 뚝뚝 흘리는 사쿠라바를 보고도 분노가 앞섰던 나 자신의 졸렬함이 부끄러웠다.

하지만 내가 먼저 다시 말을 걸고 싶어질 정도로 분노의 파도가 다 물러간 것도 아니었다.

1학기 마지막의 마지막까지 청소 당번이었던 나는 여름방학 계획을 신나게 떠드는 반 친구 몇 명과 함께 창문을 닦았다.

다 쓴 양동이를 정리하고 돌아오자 교실에는 아무도 없었다. 이런 상황에서 먼저 간다고 인사를 남길 리가 없다.

학교를 나서자 마음을 무겁게 하던 불안에서 해방되어 발걸음이 가벼웠다.

비는 결국 오지 않았다. 자전거로 가면 금세 집에 도착하는데, 전철로 집에 가는 길은 역시 이상할 정도로 길게 느껴진다.

드디어 집 근처 역에 도착했다. 나는 주머니에서 이어폰을 꺼냈다가, 도로 제자리에 집어넣었다.

문득 눈을 들었는데, 딸기 인형이 한가득 장식된 하늘색 푸드 트럭이 서 있었다.

사쿠라바는 나와는 정반대 방향에 산다. 여기 있을 리 없다고 생각하면서도 주위를 둘러보았다.

그때 푸드 트럭 구석에서 크레이프를 먹고 있는 여학생을 발견했다. 물고기 떼는 없지만 사쿠라바일 거라고 생각했다. 근처를 지나가던 남자들이 계속 그쪽을 바라보며 말을 걸고 싶어서 망설이는 듯 보였기 때문이다.

멀찍이서 지켜보고 있는데, 갈색 머리의 젊은 남자가 사쿠라바에게 말을 걸었다. 남자의 물고기가 보이지 않으니 악의가 있는지 없는지 이제 알 수가 없다.

사쿠라바는 몇 번인가 고개를 흔들었지만, 남자는 그 자리를 떠나지 않았다. 친근한 척하며 사쿠라바의 어깨를 잡고 자기 쪽으로 끌어당겼다.

아마도 물고기가 한 마리도 없는 사람일 것이다. 대화 내용이 들린 것도 아니고, 얼굴도 잘 보이지 않았지만, 직감적으로 그렇게 생각했다.

아무리 화가 났다고 해도 이런 상황을 내버려둘 수는 없다. 나는 사쿠라바 옆에 가서 섰다.

"응? 누구야, 넌?"

남자는 의아한 얼굴로 나를 쳐다보았다.

"사쿠라바, 여기서 뭐 해? 선생님이 역에서 기다리니까 빨리 가자."

나는 사쿠라바의 팔을 잡아끌었다. 물론 그 말은 거짓말이다. 선생님이라는 말을 꺼낸 것은 상대방에게 압박을 주기 위해서였다.

"그, 그래."

예상대로 남자는 불쾌한 얼굴을 하면서 자리를 떴다.

"……다치바나, 고마워."

"좀 더 조심하는 게 좋지 않을까? 웬만하면 사람 많은 곳에서 먹어. 그럼, 가볼게."

나는 얼른 사쿠라바의 팔을 풀어주고 걷기 시작했다.

"잠깐만, 역시 안 되겠어……."

이번에는 사쿠라바가 내 팔을 붙잡는다.

"오오! 이거 물고기 맨 아냐? 또 사쿠라바에게 집적거리고 있는 거야? 어휴, 무서워. 질린다, 진짜."

목소리의 주인은 미카미였다.

미카미는 입학 당시에는 밝은 성격으로 인기가 많았다. 하지만 한 달 만에 여러 여학생에게 점심을 먹자고 치근덕거리다 거절을 당하고는 자기가 지은 시를 자꾸 보내는 바람에 금세 다른 의미로 유명해졌다.

학교 축제의 분장 댄스 때도 특이한 개그 센스와 어색한 타이밍으로 주위를 침묵시켰던 바 있다.

그런 미카미가 아직도 질리지 않았는지 아무 대꾸도 않는 나를 향해 또 비웃는 말을 던지고 있다. 미카미를 무시할 생각은 없지만, 솔직히 미카미에게 그런 말은 듣고 싶지 않다. 들끓는 반발심이 목구멍까지 치밀어 올랐다.

"세상에! 미카미 주변에 먹장어가 드글거려!"

옆에 있던 사쿠라바가 갑자기 큰 소리로 그렇게 소리쳤다.

"미끄덩거리면서 헤엄치는 거 봐! 엄청 많아!"

미카미의 주변을 가리키는 사쿠라바의 표정은 진지함 그 자체였다. 미카미는 물론 나까지도 사쿠라바를 어이없다는 듯이 쳐다보았다.

무슨 소릴 하는 거야, 절대 보일 리가 없는데.

"먹장어라니 무슨 말도 안 되는……!"

"엄청 끈적끈적해! 끈적, 끄은적!"

사쿠라바는 당황한 미카미의 말을 끊으며 자기 할 말을 쏟아냈다. 몸짓으로는 아마 먹장어의 점액을 표현하고 있는 모양이다. 뭔가를 퍼내는 듯한 동작을 반복하고 있다. 한 번씩 이렇게 하는 게 맞나, 하는 미묘한 표정을 짓는 것이 이상한 움직임과 전혀 어울리지 않는다.

사쿠라바의 혼신의 연기에 나는 터져 나오는 웃음을 참을 수 없었다.

"아하하하하하!"

내 웃음에 기분이 상한 모양이다. 미카미는 얼굴을 새빨갛게 붉히더니 "대체 무슨 짓이야?" 하고 내뱉었다. 그러고는 이를 악물고 분한 기색을 보이며 도망치듯이 사라졌다.

"지금 그건 장난친 거지? 왜 하필 먹장어야? 너무 웃기다."

오랜만에 너무 웃어서 눈물이 났다. 미카미에게 깃들어 있는 물고기는 기억나지 않지만, 먹장어는 아니었을 것이다.

사쿠라바의 엉뚱한 거짓말과 먹장어를 고른 선택에 나는 아직도 웃음을 멈추지 못했다.

"미카미의 이미지를 떠올렸나 봐. 얼마 전에 텔레비전에서 보고 충격을 받았거든. 문득 생각이 났어."

나의 웃기다는 말을 칭찬으로 받아들였는지, 사쿠라바는 쑥스러움을 감추려는 듯 고개를 숙였다.

"하지만 덕분에 간신히 다치바나가 웃었으니까……, 다행이다."

아마 나와는 다른 의미일 테지만, 사쿠라바도 눈물을 흘리고 있었다.

"이제 여름방학인데, 이대로 계속 말도 못 붙이면 어쩌나 했어. 크레이프도 혼자서 먹으면 맛이 없단 말이야……."

아직 절반도 채 먹지 못한 크레이프를 바라보며 몇 번이나 눈물을 닦는다.

"나 말고 다른 사람이랑 먹으면 되잖아."

사쿠라바와 다시 대화를 할 수 있어서 안도한 것은 나도 마찬가지였다. 그런데도 솔직하게 다정한 말을 건네지는 못했다.

"다치바나랑 먹어야 맛있단 말이야."

그런 나와는 대조적으로, 사쿠라바는 자기 마음을 솔직하게 입에 담는다. 나에게는 보이지 않지만, 분명 사쿠라바의 물고기는 지금도 활기차게 헤엄치고 있을 것이다.

사쿠라바는 콧물을 훌쩍이고서 내 얼굴빛을 살피며 떠듬떠듬 어제 축제에서 있었던 일을 이야기했다.

"그랑프리 받았어⋯⋯. 그런 일이 있고서 무대에 서고 싶은 마음은 전혀 없었지만⋯⋯."

쓴웃음을 짓는 표정마저 영화의 한 장면 같다. 어떤 표정을 짓든, 타고난 매력은 숨길 수 없는 법이다.

"반 친구들이 모두 축하해주면서 음료수와 과자를 잔뜩 줬는데⋯⋯ 나는 다치바나와 트로피컬주스를 마시고 싶었어."

숨김없는 그 말이, 역시 기뻤다.

나도 솔직해지고 싶다. 사쿠라바와 이야기를 나누다보면 저절로 사고 회로가 그렇게 바뀌어버린다.

내 생각을 제대로 전달하자. 내 마음속에는 아직 하고 싶은 말이 여럿 남아 있다. 할 말을 속으로 곱씹은 끝에, 마음을 정했다.

"⋯⋯그랑프리 연패 축하해. 주스 사준다는 약속을 못 지켰으니까, 대신 카페의 크림소다는 어때?"

갑작스러운 나의 제안에 사쿠라바는 깜짝 놀란 표정을 지었다. 하지만 점점 밝은 미소가 번져나갔다. 가끔밖에 볼일이 없었던 초승달 같은 눈이, 지금은 똑바로 나를 보고 있다.

"그래! 크림소다도 좋아!"

물고기가 가리지 않은 사쿠라바의 웃는 얼굴은 사람들이 모여드는 이유가 납득될 정도로 눈부셨다.

전철이 오기까지 우리는 많은 이야기를 나눴다. 하타노를 보건실에 그냥 내버려두고 말았다든가, 반별 부스 1위도 역시 3학년이었다든가. 그 중에서 분장 댄스 대회의 심사 위원 특별상을 다른 반이 받았다는 이야기는 충격적이었다.

싸웠다가 화해한 직후다 보니 이전 같지는 않았지만, 사쿠라바는 활기차게 여러 가지 이야기를 해주었다.

그러는 동안 자주 사쿠라바와 눈이 마주쳤다.

"다치바나, 뭔가 평소와 느낌이 좀 다른 것 같아……."

그렇게 말하면서 사쿠라바는 눈이 마주칠 때마다 순간적으로 놀라며 눈을 피하고, 또다시 눈을 맞춰왔다.

"그게 말이야, 나 이제 물고기가 보이지 않게 된 것 같아."

사쿠라바는 눈을 휘둥그레 뜨고 작은 목소리로 "정말?" 하고 물었다.

지금 이 순간에도, 아무도 물고기를 데리고 있지 않다.

"……왜 이런 일로 거짓말을 하겠어."

없어졌으면 좋겠다고 생각했던 능력이니까, 방방 뛰며 기뻐
해야 할 일인지도 모른다. 하지만 지금까지 당연히 가지고 있
던 시력이나 청력을 잃은 듯한, 큰 상실감을 느꼈다. 그런 내
반응에 스스로도 당황스러울 정도다.

"하지만 덕분에 평범한 사람이 됐어."

사쿠라바는 어딘가 아쉬운 듯한 표정을 떠올렸다. 위로의
말일까? 하고 싶은 말이 있는데, 말을 꺼내려다 도로 삼키고
있는 느낌이다.

사쿠라바가 타야 할 전철의 안내 방송이 흘러나왔다.

"그럼 난 슬슬 가볼게. 아, 그런데 말이야……."

사쿠라바는 가방에서 교통카드를 꺼내더니, 잠시 뭔가를 생
각하다가 말을 이었다.

"내일, 혹시 시간 있어?"

여름방학 첫날, 나는 좀 이상한 상황에 놓였다.

지금까지 말 한 마디 나눈 적 없는 여학생들 몇 명에게 둘러
싸였다. 수업이 있을 때만 들어가는 미술실에서, 그 여학생들
은 눈을 빛내며 나를 바라보았다.

"물고기가 보인다는 거 정말이야? 아니, 상관은 없지만 말

이야. 상상이든 뭐든 괜찮아. 물고기가 어떤 식으로 보여?"

물고기가 보이지 않게 된 다음 날, 보인다는 전제하에 이런 이야기를 하는 것은 복잡한 기분이다. 하지만 미술부원들의 간절한 부탁을 받아서 나는 지금 여기 앉아 있다.

"보통 물고기와 큰 차이 없어. 허공에서 헤엄치고 있다는 느낌이라고 할까……."

내가 질문에 하나씩 대답할 때마다, 미술실 내의 열기가 뜨거워졌다. 평소에 보고 있던 풍경이나 에피소드, 물고기의 종류 등을 전부 대답하자, 미술부원들은 머리를 숙이며 고맙다는 인사를 했다.

"좋았어! 이거면 멋진 그림이 나올 것 같아!"

"맞아! 주제가 판타지다 보니 뭘 그려야 할지 전혀 감이 안 잡혀서 당황스러웠거든."

"일단 이렇게 해서 구도를 생각하고, 밑그림을 그려볼까?"

미술실의 벽에는 부원들이 그린 그림이 여러 장 걸려 있다. 그 사이에 사진이 몇 장 끼어 있었다.

그중에 맑은 물속을 헤엄치는 수수한 색깔의 물고기 사진이 있었다. 바로 옆에 연꽃이 피어 있다.

"이 꽃과 연못 속의 물고기 사진은 어디서 찍은 거야?"

나의 질문에 미술부원들은 잠시 멈칫한 뒤 큰 소리로 웃음을 터뜨렸다.

"그거, 정말 진짜 같지? 사진과 헷갈릴 만해."

"이와사키, 정말 기분 좋겠다. 역시 수준이 다르다니까."

장난스럽게 추켜세우는 부원들 틈에, 쑥스러운 듯 고개를 숙인 단발머리 여학생이 있었다. 2학년 B반 이와사키다.

가지런히 자른 앞머리를 꾹 누르는 행동이 귀여웠다.

"게다가 이 물고기, 딱 하루 만에 그린 거야."

"물고기 말고도 물이랑 연꽃도 있으니까, 물고기만 그렸다는 거야."

"이 리얼함을 표현하는 데 하루밖에 안 걸리다니, 이미 프로야. 아니, 프로 이상이지."

"너무 띄워주는 거야. 이건 수상도 못 했고, 아직 멀었어."

"그건 심사 위원 눈이 이상한 거라니까."

"그래, 맞아."

가까이 다가가서 자세히 들여다보고서야 그림이라는 것을 알았다. 극히 사실적으로 그려진 물고기는 방금까지도 헤엄치고 있었던 것처럼 생명력이 넘쳤다.

내가 봐온 사람에게 깃들어 사는 물고기들은 수족관이나 바다, 생선 가게 같은 곳에서 살아 있는 물고기와 마주해도 관심을 보인 적이 없었다.

그런데 초등학교 미술 시간에 그린 물고기 그림에 반 친구가 데리고 있던 물고기가 관심을 보였던 기억이 지금도 인상

깊게 남아 있다. 실체가 있는 것과 없는 것을 구별할 수 있는 게 아닐까 생각했었다.

지금도 물고기가 보인다면, 이 그림에는 관심을 보이고 있을지도 모른다.

"고마워, 덕분에 괜찮은 그림을 그릴 수 있을 것 같은 기분이 들어. ……다들 이러니저러니 말이 많지만, 우리는 사람마다 자기의 판타지 세계가 있어도 좋다고 생각해. 혹시 곤란한 일이 생기면 우리가 도와줄게!"

신중하고 침착한 사람이 사실은 강하다고 느낄 때가 종종 있다. 순간적으로 눈물이 핑 돈 것을 들키지 않으려고 나는 얼른 미술실을 나섰다.

"어, 계속 기다린 거야?"

사쿠라바가 미술실 앞에 있는 것을 보고 나도 모르게 이렇게 말했다. 사쿠라바는 어째선지 뾰로통한 얼굴로 딱 한 번 고개를 끄덕였다.

"사이 좋아 보이더라……."

누가 보기에도 토라진 것처럼 보였지만, 굳이 언급하지 않기로 했다.

"그럼 이제 특별히 할 일 없지?"

"역 앞의 크레이프라면 안 먹을 거야."

"아직 아무 말도 안 했는데……."

“애초에 미술부가 부른 건 난데 왜 사쿠라바까지 따라온 거야?”

“뭐, 내가 전언을 부탁받은 이상은 끝까지 챙겨야 하니까? 일종의 책임감이랄까?”

무슨 뜻인지는 잘 모르겠지만, 사쿠라바의 목적이 달달한 군것질거리에 있다는 것은 빤히 들여다보였다.

“오늘은 이대로 집에 갈 거야. 내일 하타노와 만나기로 했으니까, 어제 약속한 크림소다는 그때 사줄게.”

“바로 집에 갈 거야?”

“가면 안 돼?”

“……응.”

“하지만 크레이프는 사양이야.”

“알았어, 크레이프는 포기할게.”

“치즈케이크도 파르페도 싫어.”

“내가 먹으러만 다니는 줄 아나 봐! 여름방학인데 잠깐 놀다 들어가지 않을래?”

결국 바로 집에 가지는 못하고, 우리는 크레이프 트럭 앞을 지나 거리를 걸었다.

오늘은 날씨가 맑다. 뜨겁게 내리쬐는 직사광선 아래를 걸으니 꽤 오래 쓰지 않았던 모자가 간절해진다. 역 앞은 내리막길이다. 똑바로 걸어가면 운하에 도착한다. 그리고 그 맞은편에는 바다가 펼쳐져 있다. 여름방학을 즐기는 관광객도 드문드문 눈에 띄었다.

경관을 해치지 않도록 차분한 파란색으로 꾸민 편의점 앞을 지나갔다. 폐선로를 따라서 걷다가, 운하를 한 골목 앞두고 오른쪽으로 꺾었다. 그 길에는 유리공예품이나 오르골 등을 파는 상점들이 주로 늘어서 있다.

사쿠라바가 좋아하는 저녁 반찬 이야기를 들으면서 딱히 목적지도 없이 발길 닿는 대로 걷다 보니, 어딘가에서 풍경 소리가 들려왔다.

"어, 이쪽이다!"

사쿠라바는 귀 뒤에 손을 모으더니 소리가 나는 곳을 찾으려 했다.

"세일러복 어깨의 펄럭거리는 부분을 세우면 작은 소리도 잘 들린다고 하던데."

"정말? 와, 진짜다! 잘 들려!"

칼라를 세운 채 어린아이처럼 신나서 웃음을 터뜨린다. 오늘은 이상하게 더 더운 기분이다. 나는 손으로 얼굴에 부채질을 했다.

"이 풍경 소리는 바로 저 앞에서 들리는 거야."

우체국 앞 광장에는 수십 개의 풍경을 아치형으로 매달아놓고, 그 아래를 지나갈 수 있도록 터널이 조성되어 있다.

"와, 멋지다! 가볼래!"

사쿠라바는 내 팔을 잡아당기며 풍경 아래를 지나갔다.

바람이 불어 여러 개의 풍경이 한꺼번에 울리기 시작했지만, 전혀 시끄럽지 않다. 맑게 울려 퍼지는 소리가 기분 좋게 더위를 식혀주었다.

투명한 바탕에 색색깔의 물방울무늬가 있는 풍경, 새하얀 우윳빛 유리 같은 풍경, 수박과 해파리 모양의 풍경도 있다.

지금 보고 있는 파란 하늘 같은 풍경과 철 지난 벚꽃 색깔의 풍경은 빛을 반사하는 모양도 서로 다르다. 여름의 강한 햇살이 만들어낸 다채로운 광경은 순간순간마다 다른 색채를 보여준다.

"풍경 종류가 이렇게나 많다니! 다치바나는 이 동네 사니까 언제든지 보러 올 수 있어서 좋겠다."

"뭐, 너무 봐서 질릴 정도지만 말이야. 그리고 앞으로 일주일만 있으면 풍경 축제도 열려."

"풍경으로 열리는 축제도 있구나……."

청포도 같은 동그란 연두색 무늬가 그려진 풍경을 사쿠라바가 손끝으로 흔들었다. 은은한 미소를 띠고 큰 눈으로 풍경을 바라보는 옆모습이 보인다. 하지만 그 풍경의 소리는 다른 소리에 묻혀서 들리지 않았다.

사쿠라바는 이쪽으로 시선을 향하더니, 이번에는 피하지 않고 나를 응시했다. 그 눈동자는 빛을 반사해 촉촉하게 빛나 보였다.

"축제는 가지 않는 게 좋을 거야. 나는 이제 물고기가 보이지 않지만, 그 고래는 사람이 많은 곳에 찾아와서 물고기를 먹어치우고 있으니까. 풍경 축제에 올지도 모르고, 너무 위험해."

사쿠라바의 눈을 똑바로 바라보면서 나는 차분히 설명했다. 눈을 피하면 지금 내 안에 있는 모호한 감정을 들킬지도 모른다. 말로 표현하기 어려운 이 기분을, 사쿠라바가 눈치채지 못했으면 좋겠다.

누가 봐도 아쉬워하는 사쿠라바를 옆눈으로 슬쩍 바라보며 나는 풍경 터널을 빠져나왔다.

"이제 고래도, 물고기도 보이지 않으면 오히려 상관없는 거 아니야……?"

"……사쿠라바의 물고기는 분명 목표물이 될 거야."

"왜? 수가 많아서?"

"그것도 그렇지만……."

예뻐서. 사쿠라바가 데리고 있는 물고기들은 누구보다도 화려하고 아름다워 눈에 띄었다.

하지만 그 말을 본인에게 하기는 어쩐지 망설여졌다.

"그것도 그렇지만……?"

"맛있어 보이거든, 사쿠라바의 물고기들은."

“맛있어 보인다고……?”

“응, 그러니까 축제는 가지 않는 게 좋겠어. 이제 어묵 사서 돌아가자.”

우리의 대화에 끼어드는 가지각색의 풍경 소리에서 도망치듯이 천천히 걷기 시작했다. 예쁜 것을 예쁘다고 말하는 것에 처음으로 저항을 느꼈다. 어딘지 모르게 간질거리는 어깨의 감각에, 나는 머리를 긁적였다.

문득 어딜 가든 맑은 풍경 소리가 따라다닌다는 것을 깨달았다.

길거리의 가로등에도 연분홍색 풍경이 매달려서 바람이 불 때마다 경쾌하게 흔들리고 있었다.

❦

하타노와 만나기로 한 수요일이 되었다. 사쿠라바와 역에서 먼저 만나 카페로 이동할 예정이다.

“어머, 여름방학인데 어제도 오늘도 외출하다니 별일이네.”

어머니의 말에 아무 대꾸 없이 나는 서둘러 준비를 마쳤다.

“참, 부탁이 있는데, 창고에 이 정도 크기의 화분이 있을 거야. 위쪽에 있어서 손이 안 닿거든. 그것만 좀 꺼내주지 않을래?”

거실 테이블에 깔린 신문지 위에 깨진 화분이 놓여 있다.

“어제 떨어뜨려서 깨졌지 뭐니.”

“알았어요.”

부엌에서 밖으로 통하는 쪽문 앞에 놓인 슬리퍼를 신고 뒤뜰로 나가서 창고를 열었다. 먼지가 쌓인 어두컴컴한 창고 안쪽에 화분이 있는 것을 발견했다.

“물건이 너무 많은데…….”

화분에 가까이 가는 데만도 상당한 양의 물건들을 치워야 했다. 옛날에 가지고 놀았던 테니스 라켓과 스키 용품, 캠핑 장비, 자전거 공구, 원예용품 같은 것을 끄집어냈다.

정원의 나무가 겨울에 부러지지 않도록 보강하는 지주를 치우는데, 가방에 든 가늘고 긴 뭔가가 내 쪽으로 쓰러졌다.

“으악!”

부딪혀도 그리 아프지 않았다. 안에 든 것은 의외로 가벼운 모양이다.

“원예용품인가?”

확인해봤더니 가방 안에서 나온 것은 낚싯대였다. 그것을 본 순간, 굉장히 그리운 기분이 밀려왔다.

“벌써 몇 년 전이더라…….”

내 기억이 맞다면, 마지막으로 아버지와 낚시를 하러 갔던 것은 초등학교 5학년 무렵이었다. 아버지는 나를 종종 낚시에 데려갔는데, 그러다 내가 바다에 빠진 뒤로는 더 이상 가지 않게 되었다.

그전에도 여러 번 낚시에 따라갔던 적이 있던 어린 나는 물고기를 기다리는 시간이 지루했다. 의자에 앉아 게임 영상을 보고 있던 중, 아버지가 회사에서 온 전화 때문에 잠시 차에 다녀왔다. 돌아오기까지 아마 5분도 걸리지 않았을 것이다. 아직 밝은 시간이라 저만치에 다른 낚시꾼들의 모습도 보였다.

아버지가 멀어지자 영상을 보던 집중력이 뚝 끊어졌다. 눈앞에는 잔잔한 바다가 보였다. 바로 앞의 바위에 발을 딛고 수면을 들여다보자, 작은 물고기가 헤엄치는 것이 보였다. 반짝이는 비늘과 수면에 반사되는 햇살에 가슴이 뭉클했다.

'조금 더 가까이에서 보고 싶다.'

바위 위에서 한 걸음 더 앞으로 나간 순간, 발이 미끄러졌다. 수영은 서툴지 않았지만, 떨어지면서 부딪힌 다리가 아파서 제대로 헤엄칠 수가 없었다.

입안 가득 바닷물이 흘러들어 왔다. 필사적으로 팔을 허우적거렸지만, 순식간에 물속에 가라앉아 수면을 올려다보게 되었다.

패닉에 빠져서 숨을 멈추기는커녕 물속에서 "아빠!"라고 두 번이나 소리를 질렀다. 이제 틀렸다고 생각하며 고통스러운 와중에 눈을 꼭 감았다.

첨벙거리는 소리가 나더니, 팔을 잡아당기는 강한 힘에 이

끌려 나는 곧 수면 위로 떠올랐다.

"괜찮니!"

한 번도 본 적 없는 험악한 얼굴을 한 아버지가 소리를 지르며 나를 끌어안았다. 나는 대답도 하지 못하고 거세게 콜록거렸다.

그 순간, 아버지에게 깃들어 있던 정어리 중 한 마리가 바닷속으로 뛰어들어 비늘을 반짝이며 헤엄치기 시작했다. 그러더니 그 모습은 곧 보이지 않게 되었다.

수영 실력이 뛰어난 아버지는 나를 올라가기 쉬운 바위까지 데려갔다. 우리는 흠뻑 젖은 채 차로 향했다.

다치지는 않았지만, 무척 혼이 났다. 그때부터 아버지는 나를 낚시에 데려가지 않게 되었다. 그리고 아버지로부터 도망친 정어리 한 마리는 영영 돌아오지 않았다.

"그 정어리는, 바다로 돌아가버린 걸까……."

사실 그 현상이 아버지에게서만 일어난 것은 아니다. 그 뒤로 1년에 한 번쯤 가족끼리 캠핑을 갔을 때도 개울에서 놀던 아이나 어른의 물고기가 줄어든 것을 문득 눈치챌 때가 종종 있었다.

"그래, 화분은 꺼낼 수 있겠니?"

창문에서 걱정스럽게 이쪽을 내다보는 어머니에게 먼지투성이 화분을 들어 보였다.

"그럼, 이제 시간도 됐고 하니 가볼게요. 다녀오겠습니다."

먼지로 시커메진 손을 씻고, 나는 약속한 카페로 향했다.

"물고기가 보이지 않는다니, 정말이야?"

하타노는 세계의 종말이라도 선고받은 듯한 절망적인 표정을 지었다.

나는 주문한 아이스티를 한 모금 마시고서, 딱 한 번 고개를 끄덕였다. 하타노의 주위를 헤엄치고 있던 나폴레옹피시와 초롱아귀도 당연히 보이지 않았다.

"하아……. 그럴 만한 이유라든가, 마음이 짚이는 계기는 없어?"

한숨을 푹 내쉰 하타노는 그렇게 물으며 레모네이드를 마셨다.

"글쎄, 잘 모르겠어……. 물고기가 헤엄치지 않는 세계는 처음 본 거라, 신기한 기분이야."

물고기가 사라져서 더욱 미모가 눈에 띄는 사쿠라바는 홀짝홀짝 크림소다를 마시고 있다. 오늘은 물고기 장식이 달린 고무줄로 머리를 하나로 묶어 올렸다.

잠들기 전에 어쩌면 내일은 다시 보이지 않을까 생각하기도 했지만, 내 능력은 역시 완전히 사라진 모양이다.

앞으로는 평생 이렇게 물고기를 보지 못하고 살아야 할지도 모른다. 그렇게 생각한 나는 무서워서 하지 못했던 질문을 하타노에게 해보기로 했다.

"계속 궁금했는데, 하타노가 보기에 나에게는 어떤 물고기가 몇 마리 헤엄치고 있어?"

"맞아, 나도 다치바나의 물고기가 궁금해!"

하타노는 우리 주위를 둘러보듯이 시선을 옮기고서 잠시 생각했다.

"다치바나의 물고기는 전부 열두 마리. 흰동가리와 정어리야."

"다치바나랑 닮았네."

재빠르게 반응한 사쿠라바에게 나를 놀리려는 기색이 역력했다.

물고기의 크기가 마음의 넓이나 배포와 비례하는 것은 아니다. 하지만 그렇게 작은 물고기만 있을 줄은 생각도 못 했다. 약간 충격이었다.

그리고 아버지와 같은 물고기가 있다는 것에도 놀랐다. 그다지 대화는 하지 않지만, 영향을 받았다 해도 이상할 것은 없다. 솔직히 기분이 좋지는 않았다.

"그렇구나. 아직 열두 마리 있다면 꽤 괜찮은 편이네."

내 물고기의 수를 알고서 그 점에서는 일단 안심했다.

"어제는 저녁 반찬으로 정어리매실조림이 나와서 다치바나 생각이 났어."

"하하하, 맞아. 나도 그럴 때가 있어."

내가 웃자, 하타노도 미소 지었다.

"저기, 그럼 내 물고기는? 다치바나는 결국 무슨 물고기인지 안 가르쳐줬어."

심통이 난 얼굴의 사쿠라바에게 나는 얼른 미안하다고 사과했다.

"사쿠라바의 물고기는 전부 열 마리. 도미와 붕장어야."

"뭐? 정말로?"

"……맛있을 것 같긴 하네."

사쿠라바의 반응보다 더 빨리, 나는 테이블 위로 불쑥 몸을 내밀며 하타노에게 되물었다.

"어? ……응."

내 눈에 보였던 사쿠라바의 물고기들은 헤아릴 수 없을 정도로 많았다. 색깔도 더 알록달록하고, 손바닥보다도 작은 크기의 귀여운 물고기가 대부분이었다.

입학한 뒤로 계속 변함없이 그런 물고기들이 사쿠라바의 주위를 헤엄치고 있었다.

"사람마다 보이는 물고기가 다른지도 모르겠다."

하타노는 놀라는 나를 향해 침착하게 그렇게 말했다. 그건 그렇다. 나에게 보이는 것이 남에게도 똑같이 보인다고 단정 지을 수는 없다.

물고기가 보이는 사람 사이에서도 보이는 물고기의 종류나 수가 다른 걸까? 그렇다면 내가 보기에는 물고기가 한 마리도 없어 보이더라도, 다른 사람이 보기에는 아직 물고기가 남아 있는 경우도 있을 수 있다는 뜻이다.

나는 지금까지 사람 됨됨이를 판단할 때 물고기의 상태에 어느 정도 의존하고 있었는데, 이제 다른 사람을 대할 때의 기준이 다시 미궁에 빠지게 될 것 같다.

"하타노는 동아리 활동 하는 거 있어?"

나의 고민은 꿈에도 모르고, 사쿠라바는 전혀 다른 화제를 꺼냈다.

"컴퓨터부에서 활동하고 있어."

"뭘 하는 동아리인데?"

"글쎄, 뭐라고 해야 할까? 대충 설명하자면 컴퓨터와 소프트웨어를 사용하는 방법 같은 걸 배우고 있어. 게임을 만들기도 하고."

사쿠라바가 굉장하다며 감탄을 연발하는 통에 하타노는 내심 기분이 좋아 보였다.

"최근에는 프로젝션 매핑이란 걸 했어. 2주쯤 전에 우리 학교 축제가 있었거든. 그때 사계절을 주제로 작품을 발표했어."

"사계절?"

"한 그루의 나무에 초점을 맞춰서 봄에는 벚꽃을, 여름에는 파란 잎을, 가을에는 단풍을, 겨울에는 눈이 펑펑 내리는 느낌으로 만들어 봤어."

눈을 빛내는 사쿠라바를 앞에 두고 하타노는 신난 눈치였다. 실제로 발표할 때 찍은 영상을 보여주었다.

어디에나 있는 흔한 체육관이 한순간에 환상적인 공간으로 변모했다. 하늘하늘 움직이는 빛이 마치 반딧불이 같다. 함께 재생되는 여유로운 리듬의 음악도 독특한 분위기를 자아낸다.

"진짜 멋지다."

나도 모르게 흘러나온 말에 하타노는 귀를 붉히며 쑥스러워했다.

"뭐, 완성하기까지 꽤 오래 걸리긴 했지만 말이야. 친구들과 선생님들 사이에서도 평이 좋아서, 내년에도 학교 축제에 계속 올리게 될 것 같아."

"좋겠다. 보러 가고 싶어."

"우리 학교 축제는 일반인 대상 공개를 안 해서, 외부인은 들어오지 못해……."

사쿠라바는 아쉽다는 듯이 어깨를 축 늘어뜨렸다.

물고기가 보이지 않게 된 나에게 하타노는 오늘 더 이상 질문 공세를 하지 않았고, 우리는 최근의 뉴스나 여름방학의 추억에 대한 이야기를 했다.

2시간 정도 지나서 다시 다음에 만날 약속을 잡고 오늘은 이만 해산하기로 했다. 신기하게 정기 모임이 되어가고 있는 이 만남도 의외로 괜찮다는 생각이 들기 시작했다.

역에 도착하자 사쿠라바는 다음에 또 보자며 웃는 얼굴로 손을 흔들었다. 5번 플랫폼으로 향하는 뒷모습을 지켜보고서 나는 1번 플랫폼으로 올라가 벤치에 걸터앉았다.

두 사람과 즐겁게 이야기한 시간은 순식간에 지나갔다. 얼마 전만 해도 하루 종일 한 마디도 하지 않고 지나가는 날이 대부분이었고, 그게 나의 일상이었다.

하지만 사쿠라바와 하타노는 내가 물고기가 보인다는 것을 알고서도 나와 가까이 지내주고 있다. 어쩌면 친구라고 부를 만한 존재가 아닐까? 여기까지 생각하다가 스스로도 들떠 있는 게 느껴져서 문득 부끄러워졌다.

나도 모르게 자꾸만 올라가는 입꼬리를 어떻게든 붙잡으려 애쓴다. 이 히죽거리는 얼굴을 누가 볼까 걱정이 되어 플랫폼을 두리번거렸다.

많은 사람이 오가는 역에서도 역시 물고기는 한 마리도 보이지 않는다. 평범한 사람들은 이런 풍경을 보고 있구나. 새삼 생각한다.

아직 익숙하지 않은 평범함. 하지만 간신히 얻어낸 평범함. 방학이 끝나면 학교에 가서 마음을 굳게 먹고 물고기가 보인다는 건 사실 거짓말이었다고 말하자. 그러면 나도 평범한 사람 축에 낄 수 있다.

초등학생 때부터 쭉 날 괴롭혀온 남들과 다르다는 느낌을 드디어 떨쳐낼 수 있게 되었다. 그럼에도 어째선지, 불안인지 후회인지 모를 혼란스러운 마음이 아직 어렴풋이 남아 있다.

"흰동가리와 정어리라……."

내 주위를 헤엄치는 모습을 상상해본다. 둘 다 크기가 작고, 도망치거나 숨어버리는 데 특화된 이미지다. 정어리가 무리를 짓는 것은 혼자서 도망가는 것보다 큰 무리를 지어 다니는 편이 적에게 습격을 덜 받기 때문이다.

평범한 사람들 사이에 녹아들고 싶어 하는 나와 비슷하다면 비슷한 성격 같기도 하다.

게다가 아직 물고기가 열두 마리 남아 있다. 물론 범죄를 저지를 생각은 없지만, 실제로 물고기가 분명히 있다는 사실을 확인하자 안심이 되었다.

홀가분한 기분으로 앉아 있는데, 누군가 내 앞에 멈춰 섰다.

얼굴을 들자 한 남자가 이쪽을 빤히 바라보고 있다. 눈 한 번 깜빡이지 않고, 초점 없는 눈동자로 나를 내려다본다. 뱀의 표적이 된 개구리처럼, 나는 그 자리에서 움직이기는커녕 눈을 돌릴 수조차 없었다.

"고래다. 너도 물고기가 보이지? 하지만 너의 고래는 아주 말라비틀어졌구나."

예상보다 높은 남자의 목소리에 등줄기가 오싹해지는 것을 느꼈다. 나를 보고 있는 동안에도, 말을 하는 동안에도, 남자는 살짝 웃음을 머금은 상태 그대로 표정 하나 변하지 않았다.

나의 고래? 무슨 뜻이지? 무슨 소릴 하는 거야? 물고기가 보이는 능력에 대해서 알고 있나?

갑자기 나타나 의미불명의 말을 쏟아내는 데다가, 무엇보다 정신상태가 건강해 보이지 않는다. 두려움에 시선을 떨구자, 남자의 새빨간 스니커즈가 눈에 들어왔다.

"아……."

학교 축제 때 뒤쫓았던 뒷모습. 고래가 깃든 그 사람임을 바로 깨달았다. 능력을 잃어버린 내 시야에 새까만 혹등고래의 모습은 보이지 않았다.

"아까 같이 있던 여자애, 물고기가 굉장히 많더라. ……후후후, 그냥 삼켜버리면 좋을 텐데."

남자의 말 한 마디, 한 마디가 충격적이었다. 고래가 멋대로 폭주하는 거라고 생각하고 있었는데, 이 남자도 물고기가 보이는 것이다. 그뿐 아니라, 자신이 데리고 있는 고래가 타인의 물고기를 먹어치우고 있다는 사실도 알고 있다.

사쿠라바는 아직 안쪽 플랫폼에 있다. 나는 망설이지 않고 떨리는 손으로 전화를 걸었다.

"어? 다치바나? 무슨 일이야?"

"그쪽 전철은 몇 시에 와?"

"아직 10분 정도는 걸릴 텐데……."

대화를 가로막듯이 역에서 안내 방송이 흘러나왔다. 안내 방송은 사쿠라바가 기다리는 곳의 맞은편 플랫폼에 전철이 들어온다고 반복해서 알려주고 있다. 방송이 끝나기 전에 나는 말을 이었다.

"지금 들어오는 맞은편 전철을 타."

"뭐? 왜?"

"일단 타."

"응? 무슨 소리야? 잘 안 들려."

전철이 다가오는 소음에 내 목소리가 잘 들리지 않는다. 뻔뻔스럽게 히죽히죽 웃던 남자는 사쿠라바가 있는 건너편 플랫폼 쪽으로 시선을 옮겼다.

천천히 뒤돌아보는 모습에서, 사쿠라바의 물고기를 탐내는 듯한 느낌이 들었다.

"됐으니까! 빨리 타고 도망쳐!"

물고기가 보이지 않는 나로서는 지금 고래가 어디에서 무엇을 하는지 알 수가 없다. 건너편 플랫폼 정도는 순식간에 이동해서 이미 사쿠라바의 물고기를 먹어치운 뒤인지도 모른다.

전화기 저편에서 놀란 듯이 말을 멈춘 사쿠라바는 그대로 전화를 끊어버렸다. 곧 내 휴대전화에 "일단 탔어"라고 메시지 알림이 왔다.

"아이참, 조금만 더 있으면 됐는데. 너, 똑똑하구나."

한여름인데도 이상할 정도로 한기가 느껴진다. 휴대전화를 쥔 손끝과 무릎부터 복숭아뼈에 걸쳐서 자잘한 떨림이 멈추지 않는다.

새치가 섞인 머리카락과 핏기 없는 얼굴, 피곤해 보이지만 웃고 있는 섬뜩한 눈매. 대체 며칠을 자지 못하면 눈 밑에 다크서클이 저렇게 생기는 걸까?

묘하게 나긋나긋하고 특이한 말투도 도저히 정상으로는 보이지 않는다.

"그렇게 무서운 표정 짓지 마. 봤지? 먹으려다 놓친 거."

내가 아무 말이 없자, 남자는 갑자기 웃음을 멈췄다.

"어? 혹시, 안 보여?"

여전히 아무 말도 하지 못하는 나를 보고 이번에는 갑자기 큰 소리로 웃음을 터뜨렸다.

"이히히히히히히, 보이지 않게 됐구나! 말도 안 돼. 진짜로?"

역에 있는 다른 사람들의 시선에도 아랑곳하지 않고 손뼉을 치며 이리저리 몸을 흔들어댄다. 그러더니 다시 갑자기 웃음을 멈추고, 내 얼굴을 들여다보았다.

"그럼 나는 언제든지 그 아이의 물고기를 먹을 수 있겠구나."

얼굴이 이렇게 가까운데도 눈이 마주치지 않는다. 남자의 시선은 부산스럽게 허공을 맴돌고 있다. 필사적으로 냉정을 유지하려 했지만, 다른 사람에게서는 느껴본 적 없는 위화감에 도저히 마음이 진정되지 않았다.

"하지만 내 고래는 이렇게 크고 강하고 멋있는데, 너의 고래는 작고 약해빠진 잔챙이에 불과하지. 개미와 코끼리만큼 차이가 나. 그런 녀석을 괴롭히는 건 어른으로서 좀 그래. ……좋은 거 하나 알려줄까?"

남자는 다시 히죽히죽 웃더니 나를 위에서 아래로 훑어봤다.

"그거 아니? 물고기를 다시 볼 수 있게 되는 방법이 있단다."

남자는 눈썹을 위아래로 움직이며 눈알을 이리저리 굴렸다. 그런 뒤 묘하게 진지한 얼굴로 내 주위를 응시했다.

"그래, 두 명이야. 거짓말쟁이가 둘이나 있구나. 두 사람의 거짓말을 밝혀내면 다시 물고기를 볼 수 있을 거야."

남자는 팔랑팔랑 손을 흔들었다. 손가락과 손바닥에 잉크 자국 같은 파란 얼룩이 보인다.

"자, 그럼 바이바이. 다음에는 놓치지 않을 거야, 기대해."

멀어져가는 남자와 마지막으로 마주친 시선이, 이 말이 단순한 협박이 아님을 말해준다.

남자의 모습이 보이지 않게 된 뒤에야 나는 간신히 숨을 돌렸다. 후끈한 바람이 볼에 와 닿았다.

저런 남자가 하는 말을 진지하게 받아들이는 것은 경솔한 생각인지도 모른다. ……하지만 거짓말쟁이 중 한 명에 대해서는 마음에 짚이는 것이 있다.

계속 생각에 잠겨 전철을 기다리는 사이에, 다음 역에서 내린 사쿠라바가 전화를 걸어왔다.

"여보세요? 그래서 방금, 어떻게 된 거야?"

고래를 데리고 있는 사람이 나타났고, 사쿠라바의 물고기를 노리고 있었다는 것을 이야기했다. 남자의 특징을 설명하며 빨간색 스니커즈를 신고 있는 인물이 있거든 얼른 도망치라고도 당부했다.

"그 사람이 뭐라고 했는데?"

거짓말쟁이가, 내가 생각하는 그 사람 말고도 한 사람이 더 있다.

하지만 이렇게 순수한 사쿠라바가 날 감쪽같이 속이며 거짓말을 하고 있다고는 생각되지 않는다. 이런 이야기까지 모두 사쿠라바에게 알려줄 필요는 없다고 생각했다.

"……아니, 그 외에는 별 얘기 없었어."

"그랬구나……. 뭔가 무섭다."

"여름방학에는 가능한 밖에 나오지 말고, 이 역 근처나 사람이 많은 행사에는 역시 가지 않는 편이 좋을 것 같아.”

“그러게……. 모처럼의 여름방학인데, 아쉽다.”

그건 그렇다. 모처럼의 여름방학에, 가고 싶은 행사도 꾹 참고 집에 틀어박혀 있기는 너무 아깝다.

“난, 내일 도서관에 가서 방학 숙제를 할까 하는데.”

전혀 예정에 없던 일을 입에 담는 자신에게 놀랐다. 잠시 틈이 있었지만 “나도 가고 싶어!”라는 예상한 대답이 돌아왔다.

“그럼 내일 보자.”

방금 등줄기가 오싹한 경험을 해놓고도, 약속 하나에 살짝 마음이 들뜨는 것을 느꼈다.

도서관은 오랜만에 가니까, 분명 새로운 물고기 도감도 들어와 있을 것이다. 사쿠라바의 물고기가 실려 있다면 알려줘야겠다.

심장은 아직 공포에 반응하고 있었지만, 몸속 깊은 곳에서 따뜻한 열기가 모락모락 피어올랐다.

여름방학 3일째를 맞은 목요일. 오후가 되도록 나는 아직 이불 속에 있었다. 어제 남자가 한 말이 계속 머리에서 떠나지를 않는다.

만약 남자의 말이 사실이라면, 두 사람의 거짓말을 밝혀내면 물고기가 다시 보이게 될 것이다. 하지만 그 대가로 뭔가를 잃게 될 수도 있다. 아침부터 계속 같은 생각을 하면서 한숨을 쉬기를 반복하고 있다.

"어머, 오늘도 나가니?"

내가 파자마에서 외출복으로 갈아입는 것을 본 어머니가 말을 걸어왔다. "응, 잠깐 갔다 올게" 하고 대충 대답하고는 가방을 둘러멨다.

"애, 그러면 밥은 어떡하고?"

"지금은 배 안 고파서, 밖에서 적당히 먹을게요."

바로 집을 나섰다. 남자의 말이 머릿속을 스치자 어머니의 얼굴을 보고 있기가 괴로웠다. 어디까지 믿어야 할까? 그런 이상한 남자가 한 말을 곧이듣는 것도 이상하다.

하지만 거짓말쟁이 중 한 사람은 아버지를 말하는 것이 틀림없다.

마음속에 혐오와 의심이 차오른다. 또 한 사람의 거짓말쟁이가 어머니는 아닐 거라고 믿고 싶지만, 그렇다면 또 다른 사람이라는 말이 된다.

하타노일까? 하지만 우린 아직 몇 번 만나지도 않았다. 처음에는 정말 물고기가 보이는지 반신반의했다. 하지만 하타노의 경험담은 나에게도 완전히 공감되는 것이었다. 때때로 시선이 허공을 맴도는 것도 물고기가 보이는 사람에게서만 보이는 특징이다. 게다가 앱의 프로필 소개 글만 보고 거짓말을 해가며 나를 만날 이유가 없다.

짐작도 가지 않는 또 다른 거짓말쟁이. 물고기를 다시 보기 위해서는 뭔가를 잃어야 할지도 모른다. 똑같은 고민이 계속 내 머릿속을 꽉 채우고 있다.

도서관 근처 역에서 나는 어제에 이어 사쿠라바를 만났다.

오늘도 물고기 장식 고무줄로 머리를 묶고, 반짝이는 미소를 보이고 있다. 지나가는 사람들이 계속 사쿠라바를 돌아본다.

다시 물고기가 보이게 되면 사쿠라바의 표정은 볼 수 없게 된다. 나도 모르게 사쿠라바의 얼굴을 빤히 바라보았다.

"응? 왜 그래?"

"아니, 아무것도 아니야."

시원한 도서관 안으로 들어선다. 자습실에서 가져온 숙제를 펼쳤다.

"흠, 수학부터 시작할까?"

"그러게. 영어 다음으로 양이 많으니까, 빨리 끝내는 편이 좋겠지."

우리는 수학 숙제를 붙잡고 문제를 풀기 시작했다. 1시간도 지나지 않아서 지겨워졌는지 사쿠라바는 수도 없이 자습실을 들락거렸다.

자동판매기 쪽으로 향하다가, 베이킹 레시피 북 코너에서 딴짓을 하고 있는 사쿠라바를 발견했다.

"저기요, 사쿠라바 씨. 숙제는 포기하기로 했습니까?"

"우왓, 깜짝이야! 아니, 이건 그러니까……. 중간중간 휴식을 취해줘야 꾸준히 할 수 있으니까 말이야."

"아, 그래?" 하면서 몰아세우기는 했지만, 그런 나도 물고기 도감을 보는 것이 목적 중 하나였으니까.

당황해서 횡설수설하는 사쿠라바 뒤쪽으로 커다란 포스터가 붙어 있다.

"아, 린쿄사이(鱗鄕祭)의 포스터구나. ……이 근처 축제 중에서는 유명하지. 어렸을 때 가보고는 간 적이 없네."

"정말? 가게 부스도 다양하고, 무대도 설치되어 있어서 거기에서 하는 공연도 재밌었어!"

"잘 아는구나."

"응, 작년에 가족들과 갔었거든. 태고 공연이랑 드론 쇼도 있고, 볼만한 게 많았어. 그리고 마지막에 하는 불꽃놀이가 하이라이트야."

포스터도 배경이 불꽃놀이 무늬로 디자인되어 있다. 다음 달 셋째 토요일, 여름방학이 끝나기 직전이다.

"혹시 별일 없으면 같이 갈래?"

포스터를 보는 내 옆에서 갑자기 사쿠라바가 말을 걸었다.

뜻밖의 제안에 순간 심장이 두근거렸다. 이런 식으로 주저 없이 거리를 좁혀오니까 오해를 받는 게 아닐까.

"내가 사람 많은 곳은 위험하니까 가지 말라고 했지? 어제도 얘기했잖아."

내 말에 입술을 삐죽거리며 조그맣게 "맞아, 그랬지" 하고 중얼거린다.

결국 숙제는 처음 세 페이지밖에 풀지 못한 채 저녁이 되어버렸다. 나도 숙제를 하다 말고 새로 나온 풀컬러 물고기 도감에 푹 빠지고 말았다. 작은 소리로 이 물고기가 반 친구 중 누구를 따라다니는지를 이야기하다 보니, 숙제로 돌아갈 수가 없었다.

현실도피에 가까운 즐거운 시간은 순식간에 지나갔다. 집에 돌아가면 아버지와 어머니가 있다. 나는 지금도 머릿속에서 떨어지지 않는 남자의 말을, 걸어가면서 곱씹었다.

아버지의 거짓말을 들춰내면 우리 가족은 어떻게 될까? 당연하게 여겨왔던 일상이 산산조각 날 위기에 직면하자 새삼 소중하게 느껴진다.

집에 돌아와 문을 열자, 미소 지으며 맞아주는 어머니의 얼굴이 보인다. 평소에는 어머니의 표정 따위 신경 쓴 적도 없었는데.

역시 억지로 그 능력을 되돌릴 필요는 없지 않을까? 내 마음은 시계추처럼 하염없이 왔다 갔다 했다.

⚀

　숙제는 결국 제자리걸음인 채로, 여름방학이 시작된 지 일주일이 지났다. 오늘도 밖에서부터 뜨거운 바람이 내 방으로 불어온다. 너무 더워서 숙제에도 집중하지 못하고 있는데, 노크 소리가 방 안을 울렸다. 문을 연 것은 어머니였다.
　"방금 연락을 받았는데, 내일모레 학교에 나오라는구나."
　"네?"
　"뭐라더라. 여름방학 중에 경찰에 신고가 들어오거나, 사고를 일으키는 학생이 많았대. 너희 학교에서도 몇 명 있었나 봐. 그래서 학생들을 긴급 소집하기로 했다고 연락이 왔어."
　우리 학교는 불량 학생이 많은 학교는 아니다. 긴급 소집을 할 정도로 문제가 생겼다는 얘기는 처음 듣는다.
　"최근에 보니까 텔레비전에서도 젊은 애들이 저지른 사건에 대한 뉴스가 많이 나오더라. 별일 아니겠지만, 학교 갈 때나 외출할 때는 조심하렴."
　"……응, 알았어요."
　염려하는 기색의 어머니가 방을 나가는 것을 지켜보고 다시 책상을 향해 앉았다. 이례적인 학생 소집, 텔레비전의 뉴스, 관여된 사람들의 나이. 내 머릿속에는 학교 축제에서 고래가 수많은 물고기를 먹어치우던 장면이 다시 떠올랐다.

"분명 가능성이 있어."

물고기가 한 마리도 남지 않은 사람은 뭔가 문제를 일으키는 법이다. 그런 커다란 입으로 닥치는 대로 물고기를 집어삼켰으니, 몇 명 정도는 물고기를 모두 잃었다 해도 이상하지 않다. 이대로 그 고래를 방치했다가는 사태가 점점 악화될 뿐이다.

지금도 내가 알지 못하는 곳에서 누군가의 물고기를 계속 먹어치우고 있을 것이다. 생기 없는 얼굴로 기괴하게 웃던 그 남자는 대체 누구일까? 그날은 왜 하필 그 역에 있었던 것일까?

나는 일주일 전의 날짜와 축제라는 키워드를 넣어서 검색해보았다.

"그 근처 신사에서 축제가 있었구나……."

학교 바로 옆에 있는 신사에서 축제가 열렸다고 한다. 여기에서 또 물고기를 먹어치우고 돌아오는 길이었을까?

"콘서트, 학교 축제, 신사 축제……. 기본적으로 사람들이 모이는 곳에 출몰하고 있구나. 사람이 많이 모이는 곳이라……."

이 근방에서 가장 큰 축제는 '린쿄사이'다. 그렇다면 그 남자도 분명 오겠지. 하지만 물고기가 보이지 않는 나로서는 그를 찾아낼 수조차 없을 것이다.

게다가 발견했단 한들, 무슨 말을 할 수 있을까? 내가 할 수 있는 일이 있을까? 그때 역에서 꼼짝도 못 하고 굳어 있었던 때처럼, 주위 사람들의 물고기가 잡아먹히는 것을 상상만 하고 있어야 하나?

"하아……. 정말 한숨밖에 안 나오네."

하타노라면 지금 이 상황에 대처할 수 있을지도 모른다. 하지만 이미 능력을 잃어서 아무 도움도 되지 못하는 내가 고래를 막아달라고 부탁해도 되는 걸까? 축제 현장에 갔다가는 하타노의 물고기 역시 잡아먹힐 위험이 있다.

물고기가 보이지 않게 된 것을 후회하는 날이 오리라고는 꿈에도 생각 못 했다. 없어졌으면 좋겠다고 그토록 바랐던 능력을, 이제야 간신히 다른 사람을 위해 쓸 기회가 생겼는데. 어떤 상황이 닥쳐도 그 능력은 내 마음대로 되지 않는다. 바로 옆을 걷는 사쿠라바의 물고기조차 지금의 나에게는 지킬 방도가 없다.

"그 능력을 되찾으려면……."

떠올랐다가 사라지는 부모님의 얼굴. 새하얀 숙제 프린트물에 여름 햇살이 비쳤다.

긴급 소집일에 우리는 교복을 입고 체육관에 모였다. 무더운 체육관에서 교장선생님은 뻔한 훈화 말씀을 시작했다. 항상 그렇듯 길고 긴 말씀에 앞에 선 학생들의 머리가 지루한 듯 흔들린다.

"야, 들었어? B반 후지에다가 물건을 훔치다 붙잡혔대."

"정말? 후지에다가 그런 짓을 했다고……?"

반 아이들이 수군거리는 소리가 비스듬히 뒤에서 들려왔다.

후지에다가 어떤 애인지는 잘 모르지만, 좋게도 나쁘게도 소문이 돈 적이 없었다는 것은 그리 눈에 띄는 존재가 아니라는 뜻이다.

그 외에도 무면허로 오토바이를 운전했다든가, 협박으로 금품을 갈취했다든가, 음주를 했다든가……. 사건이 끝이 없었다. 심각하게는 방화까지 우리 학교 학생들이 저질렀다고 한다. 긴급 소집이 걸리는 사태에 이른 것도 납득이 간다.

장소를 교실로 이동해서, 이번에는 담임선생님이 이야기를 계속했다.

"……앞으로 이런 문제가 계속 이어지면 여름방학을 빨리 끝내자는 이야기까지 나오고 있어요. 여름방학을 즐기는 것도 중요하지만, 주위에 폐를 끼치거나 다른 사람을 다치게 하는 일이 없도록 약속해주기 바랍니다. 다른 학교에서도 비상소집을 하고 있다고 하는데, 자신의 안전을 위해서도 항상 조심하도록 해요."

선생님은 평소 이상으로 진지한 얼굴을 하고 있었다. 종례가 끝나자 학생들은 잇달아 교실을 나섰다. 예측하지 못한 사태 탓에 물고기가 보인다는 이야기로 나를 괴롭히는 사람은 아무도 없었다.

단기간에 너무 많은 사건이 터지는 바람에 모두 불안해하고 있었지만, 나는 그런 최악의 상황 덕분에 숨통이 트였다.

"다치바나, 집에 갈 때 같이 가자."

"그래."

이제 사쿠라바와 함께 하교하는 것이 더 이상 거북하지 않다. 다만 사쿠라바의 물고기 떼가 언제 잡아먹힐지 모른다는 사실이 염려될 따름이다.

"하타노네 학교도 오늘 긴급 소집이었대."

"그랬구나……."

"……뭔가 기운이 없어 보이네. 무슨 일 있어?"

사쿠라바는 걱정스럽게 내 얼굴을 들여다보았다.

대충 얼버무리려 해도 어차피 답을 들을 때까지 붙잡고 늘어질 테니까, 나는 고래의 폭주를 멈출 필요가 있다는 현시점에서의 생각을 설명했다. 이야기를 하다 보니 이제 물고기가 보이지 않게 되어버린 이상 나로서는 어떻게 할 방도가 없다는 고민도 같이 털어놓게 되었다.

"그럼 하타노에게 도와달라고 하자!"

"글쎄. 하지만 하타노도 위험에 노출될 텐데. 나는 능력을 잃어서 아무런 도움도 되지 않는 상황이고 말이야……."

"그럼 원래부터 능력이 없는 나도 도움이 안 되겠네?"

사쿠라바 쪽을 보자, 조금 화가 난 듯이 보였다.

"아니, 그렇게 생각하지 않아."

"나는 끝까지 도와주려고 노력할 거야! 다치바나, 어떤 상황에서든 지금 할 수 있는 일을 하면 되는 거야. 그러지 않으면 세계평화는 이루어지지 않는다고!"

사쿠라바는 해맑은 얼굴로 세계평화를 외치고서는 바로 하타노에게 연락을 했다.

내가 생각만 하다가 결국 시도조차 하지 못하는 일을, 사쿠라바는 바로 실행에 옮긴다. 물고기가 보이는 능력 같은 것보다 사쿠라바의 행동력 쪽이 훨씬 더 세계평화에 공헌할 거라는 생각이 들었다.

갑작스러운 연락이었는데도, 하타노는 평소 만나는 카페에서 보자는 제안에 응해주었다.

"우리 학교에서도 원조 교제에 절도에……. 여러 일들이 있었나 봐."

하타노의 학교에서도 비슷한 사건이 이어지고 있다. 나는 불안 때문인지 그다지 기운이 없어 보이는 하타노 앞에 바짝 다가앉으며 말했다.

"하타노, 요새 우리 나이대에서 이렇게 안 좋은 사건이 많이 일어나는 걸 보고, 난 그 원인이 고래에게 있다고 생각하고 있어."

하타노는 잠시 어리둥절했지만, 곧 진지한 표정을 지었다.

"그게 무슨 얘기야?"

"우리 학교 축제에 왔을 때, 커다란 고래 못 봤어?"

"……아아, 응. 그때 몸 상태가 안 좋아서 기억이 잘 안 나긴 하는데, 꽤 커다랬지……?"

역시 하타노에게도 고래가 보인다. 하타노와 협력한다면 이 사태를 어떻게 해볼 수 있을지도 모른다.

"그 고래는 사람이 많은 행사장을 찾아다니면서 물고기를 먹어치우고 있어. 그 고래 때문에 물고기를 모두 빼앗긴 사람들이 요즘 문제가 되는 사건을 일으키고 있는 게 아닐까 생각해."

"그렇구나……. 그러고 보니 문제를 일으킨 학생이 교무실에서 나오는 걸 본 적이 있는데, 물고기가 한 마리도 없었어."

역시 그랬다. 내 머릿속에서 가설은 확신으로 바뀌어 갔다.

"그러니까 어떻게든 그 고래를 멈추지 않으면, 사태는 종식되기는커녕 악화되기만 할 거야. 우리가 고래를 막아야 해."

"고래를 막다니……. 어떻게?"

침묵이 흐른다.

고래를 발견했다 해도, 물고기를 잡아먹는 것을 막을 구체적인 방법이 떠오르지 않는다. 고래가 깃들어 있는 인간이 조종하고 있는 거라면, 그 사람을 붙잡아서…… 그다음엔 어떻게 하면 좋을까?

"저기, 물고기는 어떤 경우에 줄어들어?"

무거운 침묵을 깬 것은 사쿠라바였다.

"물고기는 깃들어 있는 인간의 마음이 혼탁해지면 줄어들어. 그리고 물가에 있을 때도. 어떤 조건 때문에 그렇게 되는지는 모르지만, 사라지더라."

"그럼 물속으로 도망간다는 거야?"

"응, 물속으로 헤엄쳐서 그대로 없어지는 걸 여러 번 봤어."

"그럼 고래도 물가로 유도할 수 있다면……?"

하타노는 재빨리 펜을 움직이며 눈을 빛냈다. 나도 힘주어 고개를 끄덕였다.

"걸어볼 가치는 있지 않을까? 하지만 어떻게 물가로 유도하지?"

바다는 가까이에 있지만, 고래를 거기까지 데려가기는 쉽지 않다. 여기에서 논의는 멈추고 말았다. 모두 고민에 빠진 얼굴을 하고 있다. 나는 쓸데없이 아이스티의 얼음을 계속 빨대로 뒤적거렸다.

"맞다, 린쿄사이는 어때?"

"다음 달이지? 하긴 그 축제에는 사람들이 많이 모이니까 그 남자와 고래도 올 거라고 생각해."

"작년에 갔을 때 바다에 불꽃놀이가 반사되어서 아주 예뻤던 기억이 있거든. 무대 뒤편이 항구일 거야, 아마."

하타노는 휴대전화로 지도 앱을 켰다. 개최 예정지의 바로 뒤쪽으로 바다가 펼쳐져 있다. 우리는 눈을 마주치며, 서로 같은 생각을 하고 있음을 직감했다.

사쿠라바 덕분에 해결의 실마리가 보이기 시작했다. 시종일관 탐정처럼 눈썹을 찌푸리고 진지하게 생각에 잠겨 있더니, 그만한 보람이 있다.

"상당히 큰 고래일 테니까 축제 장소에 오기만 한다면 어디 있는지 발견하기는 어렵지 않을 거야. 문제는 어떻게 바다까지 유도하느냐인데……."

"내가 하면?"

사쿠라바는 아무렇지 않게 그렇게 말했다. 내가 사쿠라바 쪽을 보자 방긋 웃으며 고개를 갸웃거린다. 꽃처럼 평온한 그 표정으로 보건대 위험성을 전혀 이해하고 있지 못한 듯했다.

"절대 안 돼."

나도 즉답했다. 나로서는 도저히 고를 수 없는 선택지였다.

"왜? 내 물고기도 노리고 있잖아? 내가 유도하는 편이 성공 확률이 높아."

"안 돼, 너무 위험해. 린쿄사이 때는 학교 축제보다 더 혼잡할걸. 우리는 쉽게 움직일 수 없는데 고래는 거침없이 이동할 수 있단 말이야. 자칫 잘못하면 물고기가 전멸하는 거야. 전혀 현실적이지 않아.”

딱 잘라 부정하는 내 말에 사쿠라바는 그다지 납득하지 못한 것 같았지만, 더 이상 그 의견을 주장하지는 않았다.

그렇게 아름다운 물고기 떼가 한입에 삼켜질 수 있다는 걸 생각하면, 나의 판단은 잘못되지 않았다.

“그럼 어떻게 해서 유도할까……? 진짜 물고기로는 안 돼?”

“진짜 물고기에게 흥미를 보이는 것은 본 적이 없어……. 하지만 실체가 없는 것, 이를테면 그림에는 관심을 보였어.”

하타노도 크게 고개를 끄덕였다.

“그림이라……. 미술부 친구에게 부탁해볼까?”

“다음 달 축제까지 그렇게 여러 마리를 그리기에는 시간이 부족할 거야. 그리고 어디에 전시하려고? 고래가 눈치채지 못하면 의미가 없어.”

“복제를 한다면……? 프로젝션 매핑이라면 그림을 복제해서 물고기가 움직이는 것처럼 보일 수 있어. 실제로 어린아이가 그린 그림을 영상으로 옮겨서 상영하기도 해.”

“그거다!”

나와 사쿠라바가 한목소리로 말했다.

“무대에 아직 빈 시간이 있으려나? 내가 연락해볼게.”

“잠깐만, 미술부 친구들이 그림을 그려줄 수 있는지 먼저 물어보고…….”

"우리 학교 쪽에서도 그림 잘 그리는 애들에게 몇 마리라도 그려줄 수 있는지 물어볼게."

계획이 순식간에 형태를 갖췄다. 우리는 노트를 꺼내 내용을 정리했다.

"우선 무대가 비어 있는지 확인하고, 미술부에 협력을 부탁한다. 하타노는 프로젝션 매핑을 사용해도 되는지 학교에 허가를 받는다. 허가가 떨어지면 무대를 예약하고, 축제 당일에는 하타노와 함께 고래를 찾는다. 고래를 무대까지 유인해서 물고기 떼를 노리고 계속 헤엄치게 하면, 분명 무대를 지나 그 뒤의 바다까지 가게 될 거야. 그래서 바다로 들어가면 계획 성공……이겠지?"

"응, 틀림없이 바다로 돌아갈 거라고 보장할 수는 없지만, 그래도 해보자!"

의욕 가득한 사쿠라바의 눈이 희망으로 반짝였다. 우리는 바로 해산해서 각자 계획을 수행하기 위해 달려갔다.

나와 사쿠라바는 서둘러 학교로 돌아가서 미술실 문을 두드렸다.

"어? 다치바나하고 사쿠라바 아니야? 무슨 일이야?"

미술실에서 나온 사람은 이와사키였다.

"부 활동 중에 미안한데, 미술부에 부탁하고 싶은 게 있어."

"그럼 이제 돌아갈까?"

우리는 무사히 미술부원들에게 승낙을 받아내고 미술실을 나섰다. 해 질 녘의 교내는 오렌지색으로 물들었고, 밖으로 나오니 하늘은 보랏빛을 띠고 있었다.

"와, 벌써 시간이 이렇게 됐네."

사쿠라바는 하늘을 올려다보면서 크게 심호흡을 했다. 그 모습은 마치 드라마의 한 장면 같았다.

"그렇게 금방 다치바나의 물고기 이미지를 반영할 수 있다니, 미술부원들은 정말 대단한 것 같아!"

이와사키를 비롯해 다른 부원들도 내가 가진 이미지에 맞추어 다양한 물고기를 그려주었다. 실제로 눈길을 끌기 위해서는 사쿠라바의 물고기처럼 컬러풀한 쪽이 효과적이다.

이제부터는 선명하게 선을 넣고, 색을 입혀갈 차례다. 완성작이 기대된다.

"고래가 꼭 바다로 돌아갔으면 좋겠다."

말이 없는 나를 배려해서인지, 사쿠라바는 혼자서도 끊임없이 재잘거렸다.

지금도 누군가의 물고기가 희생당하고 있다고 생각하니 마음이 아파온다. 빨리 멈추지 않으면, 이번에야말로 긴급 소집

정도로는 수습할 수 없는 사태로 발전할지도 모른다.

다음 달의 축제까지 아무 일 없이 보낼 수 있을까? 사쿠라바의 물고기들도 무사히 그날을 맞이할 수 있을까?

"그럼, 난 이쪽이니까 먼저 갈게."

평소와 다름없이 사쿠라바는 웃는 얼굴로 손을 흔들었고, 나는 계단을 올라가는 뒷모습을 바라보았다.

플랫폼에서 전철을 기다리는데, 휴대전화에서 착신음이 울렸다. 알림이 온 메시지를 확인하니 사쿠라바로부터였다. 오늘 즐거웠다는 감상과, 반드시 성공시키자는 사쿠라바다운 말이 덧붙어 있었다.

메시지를 읽고 나자 나도 모르게 웃음이 흘렀다. 저 멀리 보이는 뒷모습을 나는 하염없이 지켜보고 있었다.

"어?"

사쿠라바와 같은 플랫폼에 차량 한 량 정도 간격을 두고 남자가 서 있다.

빨간 스니커즈다! 벌떡 일어나 그쪽을 응시했다. 히죽히죽 웃고 있는 기분 나쁜 옆모습. 그 남자다. 목구멍이 콱 틀어막히는 듯한 감각에 휩싸였다.

상황을 파악하는 순간, 이미 늦었다……. 순간적으로 그렇게 느꼈다. 지금까지 보랏빛 하늘밖에 보이지 않았던 공간에 연하게 선을 그은 듯한 윤곽이 보였다. 그 선은 눈 깜빡할 사이에 진해지더니, 먹물을 쏟은 듯 시커멓고 거대한 고래가 플랫폼에 모습을 드러냈다.

사쿠라바의 물고기 떼도 보였다. 물고기들은 도망갈 곳을 찾아 우왕좌왕하며 사쿠라바의 주위를 헤엄쳤다. 고래는 이미 입을 쩍 벌리고 있다.

"안 돼! ……그만둬!"

나의 힘없는 목소리가 끝나기도 전에, 사쿠라바의 뒷모습은 고래의 커다란 몸통에 가려 보이지 않게 되었다. 고래는 유유히 헤엄쳐 사라지고, 그 바로 옆에 있던 남자는 이쪽을 돌아보았다.

나와 눈이 마주치자, 남자는 역겨운 미소를 띠며 입을 열었다. 그 입술은 알아보기 쉽게 이렇게 움직였다.

'잘. 먹. 었. 어.'

고래가 지나간 뒤, 그 자리에는 물고기가 한 마리도 남지 않은 사쿠라바가 덩그러니 혼자 남았다.

"으아아아아아악!"

벌떡 일어나 앉아, 땀으로 흠뻑 젖은 이마에 손을 짚었다.

눈에 들어온 것은 내 방의 이불이다. 전력 질주를 한 뒤처럼 숨이 가쁘고, 손에는 힘이 잘 들어가지 않았다. 꿈이라는 것을 이해하기까지, 심장이 아플 정도로 격렬하게 고동쳤다.

"꿈……? 꿈이구나……. 다행이다, 꿈이야……."

플랫폼에서 헤어진 뒤, 나는 사쿠라바가 먼저 전철에 올라 떠나는 것을 분명 지켜보았다.

겁에 질려 떨리는 양손을 기도하듯이 모으고, 멈출 줄 모르고 차오르는 불안을 어떻게든 가라앉히려 했다.

이 꿈이 맞아떨어지면 어쩌지 생각하니 몸의 떨림과 소름이 진정될 기미를 보이지 않았다. 물고기를 모두 잡아먹히면, 사쿠라바는 더 이상 예전의 사쿠라바가 아니다.

그렇게 예쁘고 순수한 아이가, 허무하게 희생당하고 만다. 그런데도 지금의 나는 아무것도 할 수가 없다.

물고기가 보이던 시기에 느끼던 불안과, 물고기가 보이지 않게 되고서 느껴지는 공포가 내 마음속에 뒤섞여 있다. 무엇이 무서운지, 어째서 초조한지, 그것마저 놓쳐버릴 것 같다.

무엇보다도 나는 사쿠라바의 물고기가 희생당하는 것을 가장 견딜 수 없다. 그것이 가장 무섭다. 몇 번을 거듭 생각해봐도 결국 같은 결론에 도달한다.

물고기만 보인다면…… 사쿠라바를 지킬 수 있을 텐데.

"거짓말을, 들춰내면……."

지금의 내가 할 수 있는 일은 이것밖에 없다. 부모님을 생각해 주저하는 마음과 사쿠라바의 물고기를 지키고 싶은 마음. 두 마음이 거센 파도가 되어 부딪힌다. 더 늦어버리기 전에, 내가 할 수 있는 일을 하는 수밖에 없다.

시계를 보니, 이미 밤 12시가 넘었다. 나는 거실로 나가서 불을 켰다. 냉장고를 열고 보리차를 꺼냈다. 보리차를 컵에 따라 단숨에 들이키고, 식탁에 앉았다. 이마가 아직도 땀으로 축축하다.

"어머, 왜 이런 시간에 일어났어. 무슨 일 있니?"

내가 낸 소리에 잠에서 깬 어머니가 거실로 나왔다. 파자마 차림으로 졸린 듯이 눈을 비비고 있다.

"아니, 좀 이상한 꿈을 꿔서."

"어머나, 별일이 다 있네. 혹시 무서운 꿈을 꿔서 잠이 안 오든?"

어머니는 장난스럽게 웃고 있다. 대단할 것 없는 이런 대화도 내 말 한 마디에 사라져버릴지도 모른다. 끝내 억누르지 못한 망설임이 자꾸만 고개를 쳐들었다.

그래도, 사쿠라바의 물고기를 지키고 싶다……. 내 마음은 내가 생각한 이상으로 강해져 있었다. 물고기를 지켜야 한다는 사명감과 가족에 대한 사랑이 마음속에서 끊임없이 서로 충돌한다.

이대로 아무것도 하지 않으면 나중에 분명 후회할 거야. 나는 마음을 굳게 먹고, 어머니에게도 보리차를 한 잔 따라 주며 식탁 의자에 앉으라고 권했다.

"저기, 아빠에 대한 일인데……."

"응? 아빠가 왜?"

어머니가 보리차를 마셨다.

"그러니까……."

좀처럼 말을 꺼내지 못하는 나를 보고 어머니는 의아하다는 얼굴이었지만, 묵묵히 다음 말을 기다려주었다.

"실은 2년 정도 전에 있었던 일인데, 아빠가…… 다른 여자 랑 같이 있는 걸 봤어."

간신히 말을 끝냈지만, 나는 스스로도 한심할 정도로 어머 니의 반응이 두려워서 도저히 얼굴을 바라볼 수가 없었다.

아무도 말이 없이 쥐 죽은 듯 고요한 식탁. 보리차 컵에 맺힌 물방울처럼 내 몸에도 끈적한 땀이 배어났다.

"……아이고, 그이도 참 허술하다니까. 설마 너에게까지 들 켰을 줄이야……."

"응?"

"2년 전이지? 결국 그냥 살기로 했으니까 너에게는 굳이 말 하지 않았지만, 그때 아빠가 바람을 피우긴 했어. 진짜 어이가 없었지 뭐니. 하지만 네가 그 일로 고민하고 있었을 줄은 몰랐 구나. 말하지 않은 건 미안하다."

"엄마, 알고 있었어?"

"알고 있었지. 아는 사람이 봤는지 나한테까지 얘기가 흘러 들어왔거든. 그래서 추궁했더니 털어놓더라고. 어떻게 그럴 수 있냐고 대판 싸우고서 이혼하자고까지 말했는데, 제발 용서해달라고 울면서 비는 거야. 그래서 너도 있고 하니까 용서해줬어. 아주 비싼 명품 가방 하나 선물받고 말이야.”

윙크까지 하는 어머니의 모습에 어깨의 힘이 스르르 빠지는 것을 느꼈다. 마음속에 가라앉아 있던 응어리가 촛농처럼 녹아 사라지는 기분이었다.

아버지의 비밀을 숨기고 있는 건 나까지 어머니를 속이는 데 가담하는 것 같아서 계속 마음이 불편했다. 이 비밀을 어머니도 알고 있었다는 것에는 놀랐지만, 내 마음은 한결 가벼워졌다.

“그런데 요새 같이 다니는 여자애, 여자 친구니?”

보리차에 사레가 들린 나를 보고, 어머니는 싱글싱글 웃었다.

나와 같이 다니는 여자애라니, 사쿠라바 말고는 없다. 요새 집에 올 때 같이 다니고 있으니까 누가 목격했다 해도 이상할 것은 없다.

“아니야. 그냥 반 친구.”

“정말? 굉장히 예쁘다던데, 마음이 있는 거 아니야?”

“절대 아니야. 오히려 그렇게 예쁘니까 내가 상대가 될 리 없잖아.”

흥미진진하게 내 모습을 지켜보는 어머니가 이제는 좀 성가셨다. 보리차를 다 마시고서 나는 얼른 싱크대에 컵을 넣고 “안녕히 주무세요” 하고 인사를 건넸다.

몇 년 만에 잘 자라는 인사를 건넨 걸까? 어머니는 깜짝 놀라서 눈을 동그랗게 떴다. "잘 자렴" 하고 대답하는 어머니의 목소리는 매우 다정했다.

계속 마음을 괴롭히던 고민이 사라져서인지, 몸이 어딘가 붕 뜬 듯한 기분이었다. 이미 평범한 가족처럼 지내고 있었다고 생각하니 오히려 눈이 떠져서 잠이 오지 않았다.

"거짓말쟁이가 둘이나 있구나. 두 사람의 거짓말을 밝혀내면 다시 물고기를 볼 수 있을 거야."

이걸로 거짓말 중 하나는 밝혀진 셈인가?

이제 남은 거짓말은 하나. 여기까지 왔으니 물고기가 보이는 능력을 반드시 되찾아야 한다. 어느새 전과는 정반대의 생각을 하게 되었다.

여름방학도 중반에 접어들었다. 작년에는 계속 집에 틀어박혀 있었는데, 올해는 미술실에 틀어박혀 지내고 있다.

나와 사쿠라바는 미술실 한쪽 구석에서 숙제를 하면서, 가끔씩 미술부원들이 그린 물고기 그림을 확인했다.

미술부원들은 대회를 앞두고 바쁜 와중에 이렇게 협력해주고 있다. 우리가 할 수 있는 일은 얼른 숙제를 끝내서 미술부원들에게 보여주는 것 정도다.

"이런 느낌이면 괜찮을까?"

물고기에 색칠을 하던 이와사키가 붓을 내려놓고 완성된 물고기 그림을 보여주었다. 색이 입혀진 엔젤피시는 밑그림일 때보다 더 눈빛이 생생했다.

"린쿄사이에서 보여준다고 했지? 우리가 그린 물고기가 헤엄을 친다니, 상상만 해도 설렌다! 꼭 동영상으로 찍어야지."

기대에 부푼 이와사키는 더 이상 기다리기 힘들다는 듯이 사쿠라바에게 물었다.

"특설 무대는 몇 시부터야?"

"어디 보자, 가장 마지막 차례인 저녁 7시 반부터야."

"대미를 장식하는 거잖아! 작년엔 그 시간에 꽤 유명한 가수가 공연을 했어. 굉장히 기대받고 있다는 뜻이야!"

이와사키의 호들갑스러운 칭찬에 다른 미술부원들도 굉장하다며 다 같이 추켜세워주었다.

"두 고등학교의 공동 작품이라는 걸 내세워서 간신히 시간을 얻을 수 있었어."

사쿠라바는 조금 으쓱한 표정을 지으며 수줍게 설명했다.

아슬아슬한 시기였음에도 신청이 접수된 것은 사쿠라바 덕분이었다. 전화로 거절당하고도 포기하지 않고 직접 찾아가서 설득한 열의가 통했기 때문이다. 담당자가 남성이었던 것도 조금은 효과가 있었는지도 모른다. 대견하다는 얼굴로 선뜻 신청을 받아주었을 것이다.

"우리도 당일에 보러 갈 테니까, 열심히 해!"

이와사키의 응원을 받으며 우리는 미술실을 나섰다.

이제부터는 하타노와 함께 프로젝션 매핑으로 물고기 떼를 만들어야 한다.

살아 있는 것처럼 생생하게 그려진 물고기 그림을 모아서, 만나기로 한 시민회관으로 향했다.

"하타노, 오랜만이야!"

"어서 와, 기다리고 있었어!"

한발 먼저 시민회관 회의실에 도착한 하타노는 컴퓨터를 부팅하던 참이었다.

"자, 미술부 친구들이 그려준 물고기야."

"우와……! 이거 진짜 사진 같은데!?"

비늘의 반사광까지 세밀하게 묘사한 그림을 보고 하타노도 나와 같은 생각을 한 모양이다. 하타노는 바로 그림을 전용 스캐너에 집어넣고 컴퓨터를 조작해 소프트웨어를 열었다.

"그럼, 우선 이 노란색 물고기부터 만들어보자."

방 안의 조명을 낮추고 잠시 기다리자, 벽에 걸린 스크린에 엔젤피시가 떠올랐다.

"와, 멋지다!"

물고기가 비쳤을 뿐인데, 사쿠라바는 무척 기뻐했다. 짝짝 짝 박수 소리가 회의실 안에 울려 퍼졌다.

"이거, 움직이게 할 수 있어?"

"어디 보자, 물고기처럼 움직이려면……."

하타노는 심각한 얼굴로 설정을 조정했다. 얼마 지나지 않아 엔터키를 탁 치는 소리가 들리고, 빔프로젝터에서 쏘아 올린 물고기는 빨라졌다 느려졌다 하며 기운차게 헤엄치기 시작했다.

사쿠라바는 완전히 흥분해서 의자에서 벌떡 일어나 물고기를 뒤쫓듯이 스크린으로 다가갔다.

"굉장하다! 정말 물고기가 헤엄치는 것 같아!"

물고기를 뒤쫓는 사쿠라바의 그림자가 스크린에 겹쳐 보였다. 엔젤피시는 원래 사쿠라바에게 깃들어 있던 물고기들 중 하나였다. 스크린으로 비추고 있는 것이기는 하지만, 나에게는 익숙한 광경이었다.

하타노는 신이 나서 뛰어다니는 사쿠라바를 흐뭇하게 바라보다가, 다른 종류의 물고기도 같은 방식으로 입력해서 스크린에 띄웠다. 비단잉어, 나폴레옹피시 등 종류가 다양하다. 눈

과 지느러미까지 섬세하게 그려진 물고기들의 모습은 보고 있
기만 해도 충분히 즐거웠다.

"어, 이 분홍색 물고기는 혹시……."

내 말에 하타노가 원본 그림을 확인했다.

"피치페어리바슬렛이라고 쓰여 있어."

"내가 본 사쿠라바 주위에서 헤엄치던 물고기들은 대부분
이거였어. 꼭 벚꽃잎이 바람에 휘날리는 것 같았는데."

프로젝터에서 쏟아지는 빛을 등지고 선 사쿠라바는 어쩐지
아쉬운 듯이 스크린의 피치페어리바슬렛을 바라보고 있다.

잠시 허공으로 시선을 옮긴 하타노는 생각에 잠기더니, 다
시 컴퓨터의 키보드를 두드렸다.

"그렇다면 이렇게 해볼까……?"

그 말이 끝나자마자 스무 마리 정도의 피치페어리바슬렛이
스크린에 등장했다. 모두가 같은 방향으로 헤엄치는 모습이
제법 물고기 떼 같아 보였다. 사쿠라바를 에워싸고 유영하는
모습을 보니, 어째선지 눈에 눈물이 고였다.

"……이런 식으로 내 주위에 있었던 거구나."

헤엄치는 물고기 쪽을 계속 바라보던 두 사람은 내가 눈물
을 꾹 참는 것을 눈치채지 못했다.

"일단 시험 삼아 해봤는데, 이렇게 준비하면 될 것 같아. 데
이터를 전부 읽어 들인 뒤에 움직임을 조정하면 물고기처럼

연출할 수 있거든. 그다음에 음악만 고르면 거의 완성이야."

하타노는 부랴부랴 돌아갈 채비를 했다. 우리도 빔프로젝터 정리를 도왔다.

"계획이 꼭 성공했으면 좋겠다."

사쿠라바의 말에 동감했다.

"일단 지금으로선 순조롭게 진행되고 있으니까…… 축제에 고래가 나타나면 하타노의 도움을 받아 찾아내서, 특설 무대로 유인하기만 하면 돼."

"축제 전에 만나는 건 오늘이 마지막이겠지? 요새도 반 단톡방에서 계속 알림이 오는데, 들어가보면 누가 경찰에 붙잡혔다든가 하는 내용밖에 없는 거 있지. 이걸로 제발 이 사태를 끝낼 수 있었으면 좋겠어. 잘해보자!"

사쿠라바의 진지한 눈빛에서 일종의 결의, 또는 각오에 가까운 굳센 의지가 느껴졌다.

"이럴 때 물고기가 보이지 않는다니, 정말 유감이야. 그래도 다 함께 힘내자!"

어느새 내 안에서 사명감이나 정의감에 가까운 마음이 싹트기 시작했다. 지금까지 느껴본 적 없는 기분이 앞을 향해 계속 내 등을 밀어준다. 언제부터 내가 이렇게 의욕이 앞서는 사람이 되었을까? 이건 분명 사쿠라바의 영향이다.

불온한 사건이 끊이지 않는 현 상황을 바꿀 수 있는 사람은 우리밖에 없다.

사쿠라바와 이야기했던 세계평화를 실현하기 위해서라도, 지금 온 힘을 다하고 싶다.

우리는 손을 맞잡고서 꼭 성공시키자고 목소리를 모았다.

"고등학교 2학년 남학생들이 귀가하던 회사원을 폭행했다는 소식입니다."

오늘 아침 뉴스는 상당히 심각했다.

범행을 저질렀다는 남학생들 중에는 나와 같은 학교, 같은 학년도 포함되어 있었다.

하타노와 사쿠라바도 나처럼 뉴스에서 이런 심상치 않은 사건이 보도될 때마다 마음 졸이고 있을 것이다. 범행 수위가 점점 심각해지는 것도 걱정스러웠다.

게다가 린교사이가 드디어 내일로 다가왔다. 덕분에 요즘 나는 깊은 잠을 자지 못하고 있다. 여전히 물고기가 보이지 않는 채로 축제 당일을 맞이하게 되어서 마음이 초조했다.

"거짓말쟁이가 둘이나 있구나. 두 사람의 거짓말을 밝혀내면 다시 물고기를 볼 수 있을 거야."

남자가 남긴 말이 떠오른다. 거짓말쟁이라니, 대체 누구일까? 내 주위에서 거짓말을 하고 있는 사람이라니, 전혀 짐작도 가지 않는다. 아버지 이후로 또 다른 거짓말은 아직 밝혀내지 못했다.

물고기가 보이지 않는 지금, 믿을 것은 오직 하타노뿐이다. 그 남자에게 깃들어 있는 고래를 바다로 돌려보낸다는 계획을 반드시 성공시키고 싶다.

고래는 반드시 온다. 사쿠라바의 물고기를 지키면서 고래를 바다로 유인하기만 하면 된다.

몇 번이고 반복해서 스스로를 다독였다. 하지만 수십 번 반복한 이미지트레이닝은 반대로 걱정만 늘어나는 기분이 들어 중간에 멈췄다. 내일에 대비해서 푹 자자. 그렇게 생각했지만 긴장감에 잠을 설친 채 린쿄사이 당일을 맞았다.

나와 하타노는 낮부터 행사장에 가서 고래를 찾아다니고 있었다.

"안 보이네……."

행사장을 3시간이나 돌아다녔지만 하타노는 고래가 보이지 않는다고 했다. 이제 곧 특설 무대에서 노래자랑 대회가 시작된다. 사람은 이제부터 더 늘어날 것이다. 그 남자는 더 많은 사람이 몰리는 저녁 무렵을 노리고 올 생각인 건가?

"사쿠라바도 기다리다 지쳤나 봐……."

사쿠라바의 물고기를 안전하게 지키기 위해 고래를 발견한 뒤 사쿠라바와 합류할 예정이었다. "아직 못 찾았어?"라는 연락이 내 휴대전화에도 여러 개 와 있었다.

하타노는 휴대전화와 지나다니는 사람들을 교대로 살피고 있다. 고래 찾기는 완전히 하타노에게 의지하고 있는 상황이다. 하지만 그 정도로 커다란 고래라면 사실 이런 식으로 돌아다니지 않아도 행사장에 나타나는 순간 바로 알 수 있을 것이다.

특설 무대에서는 노래자랑 대회와 태고 공연이 시작되었다. 행사장은 점점 열기를 더해갔다. 우리의 순서도 점점 가까워지고 있다.

소시지를 하나 사 먹고 있던 중에 하타노가 갑자기 큰일 났다는 말을 연발하기 시작했다.

"왜? 소시지 맛이 이상해?"

"사쿠라바가 도저히 기다릴 수가 없었는지 축제 현장에 와 있는 것 같아. 사람이 너무 많아서 움직일 수 없다고 그러더니 연락이 끊겼어."

아직 고래를 못 찾았는데 사쿠라바가 이쪽으로 왔다니, 비상사태다. 고래가 우리보다 먼저 사쿠라바를 발견한다면, 내가 본 악몽이 현실이 된다.

"찾아보자!"

마지막 한 입을 억지로 입에 쑤셔 넣고, 우리는 양쪽으로 흩어져서 서쪽과 동쪽으로 각각 달려갔다. 전력 질주를 하고 싶어도 사람이 많아 마음처럼 움직일 수가 없다. 마음은 급했지만 사람들의 물결에 속도를 맞출 수밖에 없다. 사쿠라바의 모습은 어디에서도 보이지 않았다. 행사장에 사람이 몰려 움직이지 못하고 있는 구간이 너무 많아서 찾아내기도 쉽지 않다.

결국 사람 찾기가 도저히 불가능해 보이는 인파에 녹초가 되어서 일단 길 가장자리로 빠져나왔다. 찾아다니면서도 여러 번 연락을 취했지만, 사쿠라바에게서 답은 오지 않았다. 무슨 일이 생긴 건 아닐까, 생각하니 가만히 기다리고만 있을 수도 없었다.

"역시 좀 더 찾아봐야겠어."

다시 걷기 시작했다. 그러다 붐비는 인파를 사이에 둔 길의 저쪽 가장자리에서 눈이 마주쳤다.

"……어?"

사쿠라바는 하얀 바탕에 하늘색과 분홍색 나팔꽃 무늬가 그려진 유카타*를 입고 있다.

"미안해……."

내가 화낼 거라고 예상하고 있었던 모양이다. 날 보자마자 사쿠라바는 우선 사과부터 했다.

"설마 노점에서 빙수를 먹고 있을 거라고는 생각도 못 했어."

하타노의 말에 사쿠라바는 멋쩍은 듯이 빙수를 휘저었다.

"뭐, 그래도 고래가 덮치기 전에 사쿠라바를 발견해서 다행이야. 유카타도 굉장히 잘 어울린다."

하타노는 유카타를 입은 사쿠라바에게서 눈을 떼지 못했다. 그 옆에서 사쿠바라는 아무 말이 없는 나에게 계속 시선을 보내며 내 기분을 살폈다. 하지만 내가 말이 없었던 것은 사쿠라바 때문이 아니었다.

"하타노……, 뭐 하나 물어봐도 돼?"

"그럼, 무슨 일인데?"

똑같은 의문이 계속 머릿속을 맴돌았다. 어떻게 말해야 하나 고민했지만, 결국 묻고 싶은 것은 하나뿐이다.

"고래, 안 보이지……?"

"뭐?"

---

* 가벼운 면 소재로 만든 일본의 전통 여름 의상.

"물고기도 사실은 안 보이는 거지?"

하타노는 얼굴을 굳힌 채, 그대로 얼어붙어 아무 말도 하지 못했다. 대답하지 않아도 이미 들은 거나 다름없었다.

사람들은 왁자지껄 우리 옆을 스쳐 지나가며 축제를 즐기고 있다.

"물고기가 정말 안 보이는지를 묻고 싶은 게 아니야. 안 보인다는 건 이미 눈치챘으니까. 대체 왜 물고기가 보인다고 거짓말을 한 거야?"

꾹 다문 하타노의 입술이 부들부들 떨렸다.

"컴퓨터부랑 같이 오컬트연구부에도 들어가 있거든……."

들릴 듯 말 듯한 목소리로, 하타노는 어렵게 말을 이었다.

"아, 그래. 내 능력은 오컬트라면 오컬트지. 좋은 연구 대상이었겠네……."

슬픔일지 분노일지 모를 감정이 차례로 밀려온다. 나는 그 속에서 헤어나지 못하고 허우적거렸다. 지금 생각하니 처음부터 하타노를 너무 믿었는지도 모르겠다. 계속 혼자였으니까, 같은 능력을 가진 사람이 있다고 믿고 싶었던 것이다.

하타노의 경험담이 나와 비슷했던 것은 내가 먼저 한 이야기를 슬쩍 베꼈기 때문이었다. 그런 것에 속아 넘어가다니, 나도 참 멍청하기 짝이 없다.

사쿠라바는 눈을 동그랗게 뜬 채, 우리의 다음 대화를 기다리고 있었다.

"용서받을 수는 없겠지만, 정말 미안해……. 비록 처음 시작은 오컬트 연구를 위한 취재였지만, 지금은 다 함께 고래를 막아서 사쿠라바만이 아니라 다른 모든 사람의 물고기를 지키고 싶다고 진심으로 생각하고 있어."

하타노는 필사적으로 해명했지만, 나는 내 마음을 다잡는 것만으로도 벅찼다.

"정말 미안해……."

괴로움이 묻어나는 그의 사과가 내 마음에 와닿는 듯하다가 바로 사라졌다. 의심하기 시작하면 한도 끝도 없이 의심스럽다. 그뿐 아니라 물고기가 보이지 않는다는 것이 확실해진 이상, 이제 멀리서 고래를 발견하는 것은 불가능하다. 나는 완전히 희망을 잃었다.

"잠깐만, 다치바나는 어떻게 하타노가 물고기를 보지 못한다는 걸 알았어?"

"……아까 길 맞은편에서 눈이 마주쳤어. 거기 있었단 말이야, 고래가 깃들어 있는 그 이상한 아저씨가. 바로 다시 놓쳐버렸지만. 솔직히 사쿠라바의 물고기가 아직 무사한지도 이젠 모르겠어."

내가 듣고서도 웃음이 나올 정도로 허탈한 목소리였다. 그렇다면, 이게 두 번째 거짓말 아닌가? 물고기는 아직도 전혀 보이지 않는다. 그 남자의 말도 역시 거짓이었을까?

이제 무엇을 믿으면 좋을지 알 수가 없다. 완전히 녹아버린 빙수가 여름의 끝과 이 계획의 결말을 보여주는 듯한 기분이 들었다.

그토록 두려워했던 계획이 실패한다는 상상이, 그것도 최악의 형태로 눈앞에 닥쳐왔다. 하지만 사쿠라바를 지금 당장 집으로 돌려보내면 사쿠라바의 물고기만은 지킬 수 있을지도 모른다.

"포기하면 안 돼……!"

사쿠라바가 빙수를 내려놓더니 내 손과 하타노의 손을 잡았다.

"아직 내 물고기가 무사할지도 모르잖아. 게다가 우리 무대는 아직 시작도 안 했어. 여기서 그만두면 고래를 막을 수가 없고, 계속 피해자가 나오는 걸 묵인하는 거나 다름없잖아. 지금은 우리가 계획한 걸 끝까지 하는 수밖에 없어."

사쿠라바의 손은 빙수를 들고 있던 탓인지 얼음장같이 차가웠다. 하타노도 내 눈을 똑바로 보며 "끝까지 해보자"라고 힘주어 말했다.

이 축제는 여름방학의 마지막 축제다. 준비를 포함해, 이렇게까지 할 수 있는 것도 이번이 마지막이다. 이 기회를 놓칠 수는 없다. 나도 알고 있다.

내가 간신히 고개를 끄덕이자, 하타노는 무대를 준비하기 위해 자리를 떴다. 사쿠라바의 물고기를 지키기 위해서 우리 둘은 가능한 인파와 떨어진 장소에서 무대를 지켜보기로 했다. 무대 위에서 펼쳐지는 마술쇼를 보면서도, 정체 모를 불안과 조바심을 떨쳐낼 수 없었다.

그 남자가 와 있다는 것은 지금도 행사장 어딘가에서 고래가 물고기를 먹어치우고 있다는 뜻이다.

이 이상 물고기가 줄어드는 걸 보고만 있을 수는 없다. 무엇이 거짓이고 무엇이 진실인지 밝혀내는 것은 일단 미뤄둘 때다. 나도 더 이상 물러설 곳이 없다는 마음으로 각오를 다져야 한다.

"시작한다."

사쿠라바는 흔들림 없이 무대를 바라보고 있다.

우리 무대가 시작될 시간이다. 대중적인 멜로디와 함께 막이 열렸다. 행사장의 관중도 박수를 치기 시작했다. 가장 먼저 무대에 등장한 물고기는 엔젤피시였다.

노란색과 검은색의 줄무늬에 일반적인 물고기와는 다른 독특한 체형. 거침없이 자유롭게 헤엄치는 엔젤피시에게서 관중은 눈을 떼지 못했다.

사실적으로 그려진 엔젤피시의 모습은 마치 공중을 떠다니는 듯했다. 여러 마리가 줄지어 헤엄치기 시작하더니, 서서히 무리를 형성하기 시작한다.

이어서 무대의 배경은 바다를 표현한 짙은 푸른색으로 물들었다. 열 마리에 가까운 나폴레옹피시가 무대를 가로지르며 움직였다. 나폴레옹피시들이 떼 지어 있는 모습은 수족관에서도 보기 힘든 광경이다. 몸의 무늬가 황금색으로 반짝일 때마다 어두워지기 시작한 바깥세상에 전류를 흘려보내는 것처럼 보인다.

엔젤피시와 나폴레옹피시는 서로의 무리에 뒤섞인다. 몸의 크기는 몇 배씩 차이가 나지만, 하나의 무리처럼 평온하게 헤엄쳐 사라졌다.

풍당 소리와 함께 물 위로 파문이 퍼져나갔다. 이번에는 배경의 푸른색이 투명하게 변하더니 여러 색깔의 비단잉어가 일제히 모습을 드러냈다. 선명한 빨간색과 하얀색 무늬가 새겨진 잉어, 금색으로 온몸을 감싼 잉어, 주황색으로 빛나는 잉어까지 춤추듯 힘차게 헤엄치는 모습에서 물보라가 느껴지는 듯했다.

여기까지만 봐도 이번 계획에서 하타노가 꼭 필요한 존재였던 것은 분명하다. 물고기가 보이지 않는다 해도, 하타노가 없었다면 이 계획은 이루어질 수 없었다.

거짓말에 속았다는 충격과 오컬트 취급당했다는 슬픔이 금방 가시지는 않겠지만, 지금 눈앞에 펼쳐지는 광경은 하타노와 함께 만들어낸 것이다. 이 무대를 보면 하타노가 진심을 다해 많은 시간을 투자했다는 걸 알 수 있다.

유유히 물살을 가르는 잉어는 인간관계처럼 번잡스러운 것에 얽매이지 않는다. 그저 자유롭고 당당하게 헤엄칠 뿐이다.

한가운데 모여 펄떡이던 잉어가 순식간에 사방으로 흩어지고 나자, 처음 보는 색깔의 비단잉어 떼가 나타났다. 자주색, 초록색, 파란색, 분홍색 등 가지각색의 잉어가 천천히 원을 그리며 헤엄치면서 흩어진 비단잉어들을 조금씩 불러 모은다.

"색깔이 신기하다……. 그림이 워낙 사실적이니까 분홍색이나 파란색이라도 정말 살아 있는 것 같아."

쏟아지는 꽃가루처럼 알록달록 화려한 잉어 떼는 멀리서도 선명하게 눈에 들어왔다. 모든 잉어가 주연급의 존재감을 자랑한다.

그러다가 다른 비단잉어들 사이로 녹아들어 보이지 않게 되더니, 모든 비단잉어가 시야에서 사라졌다.

상상 이상의 완성도에 나와 사쿠라바도 무대에 푹 빠져들었다. 잠시나마 물고기가 다시 보이기 시작했나, 하고 착각한 순간도 있었을 정도다.

잠시 어두워지더니, 무대 위로 눈송이가 날리기 시작한다. 하나둘 차례로 모습을 드러낸 것은 작고 하얀 물고기였다. 팔랑팔랑 헤엄치는 동안 점점 수가 늘어난다.

한여름인데도 불구하고, 행사장은 순식간에 겨울을 맞이했다. 맑게 울리는 종소리와 함께 고요한 겨울밤의 풍경이 펼쳐진다.

"정말 예쁘다……."

불쑥 내 입에서 그런 감상이 새어 나왔다. 사쿠라바는 내 말에 작게 소리 내어 웃었다. 그리고 무대 쪽으로 걸어가기 시작했다.

"사쿠라바, 지금 그렇게 사람 많은 곳에 가면 위험해."

내가 그렇게 말하자 사쿠라바는 눈물을 글썽이다가 작게 고개를 젓고는 앞으로 나아간다. 서둘러 그 뒤를 따라가 무대로 다가가는 사쿠라바를 멈춰 세웠다.

"안 돼. 그 이상은 정말……."

뒤를 돌아본 사쿠라바가 똑바로 이쪽을 바라본다. 사쿠라바가 이렇게 굳은 표정을 한 건 처음 봤다. 평소처럼 기쁨과 즐거움이 가득한 표정이 아니라, 쓸쓸함을 숨기고 있는 듯한 얼굴이었다.

"다치바나, 우리가 처음 만났을 때 나한테 뭐라고 했는지 기억해?"

처음 만났을 때? 갑작스러운 질문에 나는 영문도 모른 채 "아니, 모르겠어"라고 솔직히 대답했다.

사쿠라바는 표정을 바꾸지 않았다. 분명 내가 뭐라고 대답할지 처음부터 알고 있었을 것이다.

"정말 예쁘다고 말해줬어."

그 말을 듣고, 내 기억은 입학식 날로 거슬러 올라갔다.

교실에 들어서자, 새 교복을 입은 아이들이 수십 명 있었다. 벌써 친구를 사귀어서 시끄럽게 떠드는 아이도 있고, 안절부절못하며 주위를 살피는 아이도 있었다.

색색깔의 물고기가 아이들의 주위를 헤엄치고 있어서, 나는 그 종류나 수를 보며 대강 어떤 성격인지를 짐작하고 있었다.

교실에 들어온 순간부터 반 아이들의 시선을 한 몸에 받는 여학생이 있었다. 나 역시 그 아이에게서 눈을 떼지 못했다.

스쳐 지나가는 아이들에게 인사를 건네며 자기 자리를 찾아가던 그 아이는, 흩날리는 벚꽃잎에 둘러싸여 있었기 때문이다.

"안녕."

그렇게 말을 걸고는 내 옆을 지나갔다.

"정말 예쁘다……."

인사에 답하는 것도 잊고 있었다. 나는 그 아이를 에워싸고 헤엄치는 피치페어리바슬렛이 정말 예쁘다고 감탄하면서 사진으로 남기고 싶다고 멍하니 생각하고 있었다.

조용히 헤엄치는 작고 하얀 물고기들이 밤에서 아침으로 바뀌는 배경에 동화되어간다. 아침노을이 만들어내는 변화와 함께 하늘이 드라마틱하게 다른 색으로 물들었다. 음악이 잠시 멈추고, 무대를 지켜보던 사람들은 다시 장대한 자연의 아름다움에 말을 잃었다. 아무도 없는, 겨울의 이른 아침이 거기 있었다. 한여름의 축제 현장과는 사뭇 다른, 신기할 정도로 맑은 공기가 우리를 감쌌다.

"그날부터 다치바나는 좀 다르다고 생각했어. 학교에서는 그렇게 다른 사람 일에 관여하기 싫어하고 항상 수업 끝나자마자 집에 가버리면서, 날 수상한 사람에게서 구해줬을 때는 정말 깜짝 놀랐어. 내가 고집부려도 다 받아주고, 크레이프도 함께 먹어주고, 학교 축제도 같이 다녀주고……. 그리고 지금도 필사적으로 나를 지켜주려 하잖아."

눈도 마주치지 않은 채 아래만 쳐다보면서 이야기를 하다니, 사쿠라바답지 않다.

어쩌면 사쿠라바의 물고기가 벌써 잡아먹힌 건 아닐까, 생각하니 이야기의 내용이 머릿속에 잘 들어오지 않았다.

"입학식 날에도, 날 보고 예쁘다고 한 줄 알았는데 그 뒤로는 전혀 말을 걸지 않더라. 말을 걸기는커녕 눈 한번 마주치지 않았잖아."

사쿠라바는 그때가 그립다는 듯 입가에 미소를 띠었다.

내가 입학식 날에 예쁘다고 감탄한 것은 피치페어리바슬렛

쪽이다. 사쿠라바는 자길 보고 말한 거라고 오해한 모양이지만, 굳이 정정할 필요는 없겠지. 지금에 와서는 그것도 완전히 오해는 아니니까.

"참 웃기지? 처음엔 좀 이상한 애라고만 생각했었는데……."

사쿠라바의 뒤쪽으로 보이는 무대는 새벽녘에서 점점 맑게 갠 파란 하늘로 바뀌어간다. 좀 전의 작고 하얀 물고기도 다시 색을 바꾸어 되돌아왔다.

내가 무대를 헤엄치는 물고기에게 눈을 빼앗기자, 사쿠라바는 내 시야에 들어오려는 듯이 나를 향해 다가왔다.

사쿠라바의 진지한 얼굴은 웃음기 하나 없이 긴장감만이 흘렀다.

"난, 그때부터 계속 다치바나를 좋아했어."

탄산이 터져 나오듯이, 피치페어리바슬렛의 무리가 모습을 드러냈다. 무대에서 헤엄쳐 나왔나 싶을 정도로 순식간에 내 시야를 가득 채웠다.

화려한 색깔의 물고기 떼가 나타나는 순간은 마치 수많은 꽃송이가 피어나는 광경을 빨리 감기로 보고 있는 듯한 느낌이었다. 사쿠라바의 긴장한 표정도 순식간에 내 시야에서 멀어졌다.

부산스레 헤엄치는 물고기들을 보니 마음 졸이는 사쿠라바의 기분이 손에 잡힐 듯이 전해져 온다.

다시 수많은 물고기에 둘러싸이는 바람에 사쿠라바와 시선을 맞추지 못하게 된 순간, 송사리, 잉어, 미꾸라지, 장어, 농어 등 셀 수 없이 많은 물고기가 주위 관객석에도 모습을 드러냈다.

소리 없이 나의 세계로 되돌아온 수많은 물고기는 활발하게 헤엄치며 지금 펼쳐지는 무대를 진심으로 즐기고 있다.

무대 위에서도 서서히 피치페어리바슬렛의 수가 늘어난다. 벚꽃이 흩날리는 듯한 그 모습은, 행사장의 관객들을 화창한 봄날로 데려간다.

그런 한편, 우리 사이에는 잠시의 침묵이 흘렀다.

태어나 처음으로 고백을 받았다. 심장이 터질 듯이 쿵쾅거려서, 내 귀에까지 그 소리가 들렸다.

대답하려 해도 너무 갑작스러워서인지 아무 말도 떠오르지 않는다. 고맙다고 해야 하나? 앞으로 잘 부탁한다고 말해야 할 타이밍일지도 모른다.

아니, 정확히는 머릿속에 하고 싶은 말은 많았지만 목소리가 나오지 않았다. 계속 바라던 선물을 받았을 때처럼 한없이 기쁘기만 했다. 아니, 단순한 기쁨을 넘어서 온몸이 떨렸고 그게 내 마음까지 간지럽혔다.

"다치바나, 그러니까, 저기…… 나랑……."

물고기에 둘러싸인 사쿠라바 앞에서 쑥스러움을 감출 수 없었지만, 얼굴에는 저절로 미소가 떠올랐다.

사쿠라바의 물고기는 무사했다. 평소처럼, 아니 평소 이상으로 활기차게 헤엄치고 있다. 몸속에서 따뜻한 감정이 솟아난다. 냉정을 유지하기 힘들 정도로 몇 번이고 벅찬 설렘이 피어올랐다.

"찾았다!"

행복한 꿈에서 날 끌어내는 목소리가 들렸다. 순식간에 등줄기가 얼어붙었다.

뒤를 돌아보자 보지 못한 동안 한층 더 커다래진 고래가 시커멓고 무거운 몸을 이끌고 헤엄치고 있었다. 몇십 미터는 족히 되지 않을까? 입에서 꼬리 끝까지가 한눈에 들어오지 않을 정도로 거대했다.

바로 뒤에는 그 남자가 서 있다. 장난감처럼 삐딱하게 올라간 입꼬리가 최악의 사태를 예감하게 했다.

"사쿠라바, 뛰어!"

아직 말하는 중이던 사쿠라바의 팔을 잡고 달리기 시작했다. 유카타 차림이라 달리기 힘들어 보이는 사쿠라바를 데리고, 나는 무대를 향해 달려갔다.

오늘 하루 중 가장 많은 인파가 몰려든 시간대라 매우 혼잡했지만, 멈춰 설 여유는 없었다. 늘어선 노점들 사이를 요리조리 헤치며 앞으로 달려나갔다.

아무런 장애물 없이 헤엄치는 고래가 조금씩 거리를 좁혀오자, 긴장감은 최고조에 달했다. 잡은 손이 미끄러질 정도로 손에 땀이 흥건했다.

"안 돼요, 여기는 관계자 외에는 들어갈 수 없습니다."

무대 바로 앞에서 검은색 티셔츠를 입은 스태프가 우리를 막아섰다. 바로 뒤에서 고래는 큰 입을 벌리고 다가오고 있다. 속이 보이지 않는 시커먼 입속은 마치 심해 같아서, 정체 모를 두려움을 불러일으켰다.

스태프에게 고래가 쫓아온다고 말할 수는 없다. 우리는 관객과 스태프 사이에 끼어서 꼼짝도 못 하고 갇혀 있었다.

이제 끝이다. 겨우 여기까지 왔는데. 숨만 차오를 뿐, 뭐라고 설명하면 좋을지 마음처럼 말이 나오지 않았다.

"저희 쪽 관계자예요! 그 두 사람 통과시켜주세요!"

관계자석에서 나온 하타노가 큰 소리로 외쳤다. 스태프들은 망설이면서도 우리에게서 떨어져 길을 비켜주었다.

이제 겨우 몇 미터. 고래에게 숨결이 있다면 닿을 듯한 거리만을 남겨두고 있었다. 서둘러 무대로 이어지는 계단을 올라 피치페어리바슬렛의 꽃보라 속으로 뛰어든다. 사쿠라바의 물고기들은 빔프로젝터에서 쏘아 올린 가짜 물고기 떼에게 신경을 쓰면서도, 사쿠라바에게서 떨어지지 않았다.

내가 보기에는 무엇이 가짜고, 무엇이 진짜 사쿠라바의 물고기인지 구별이 되지 않았다. 사쿠라바가 항상 데리고 있는 물고기에 영상으로 비추어진 가짜 물고기가 합쳐지니 수백 마리에 달했다. 바람에 날리는 벚꽃처럼 물고기 떼가 하늘하늘 나부꼈다.

우리가 무대에 올라간 것이 연출이라고 생각한 관객은 환호성을 질렀다.

뒤를 돌아보자, 거대한 고래가 무대마저 집어삼킬 듯이 큰 입을 벌리고 사쿠라바를 향해 달려들고 있다.

전신에 긴장이 흐른다. 아무리 실체가 없다는 것을 알아도, 잡아먹힌다고 생각하니 공포로 심장이 떨려온다.

이빨이 없는 연분홍색의 입이 사쿠라바를 에워싼 수많은 물고기를 집어삼켰다.

"사쿠라바!"

사쿠라바의 물고기만은 구하고 싶다. 진심으로 그것만을 바랐다. 온 힘을 다해 잡고 있던 팔을 잡아당겨 사쿠라바를 끌어안았다. 놀라는 표정이 마지막에 아주 잠깐 보였다. 그것도 한순간뿐, 방금까지 무대에 흐르고 있던 배경음악도 관객의 환호성도 모두 사라졌다. 고래의 입에 부딪히는 감각도, 생명체 특유의 냄새도, 삼켜지는 소리도 전혀 느껴지지 않는다.

내 앞에는 눈을 떴는지 감았는지 알 수 없을 정도의 암흑만이 펼쳐졌다.

늦었구나.

고래에게 삼켜졌다는 것을 온몸으로 이해할 수 있었다. 아직도 숨을 헐떡이면서도, 허탈함과 후회가 먼저 밀려와 서 있기조차 힘들었다. 계획이 안이했다. 좀 더 빨리 능력을 되찾았더라면……. 이제 와서 소용없는 일이지만, 머릿속에는 그런 후회만이 가득했다.

흩날리는 벚꽃 같던 물고기 떼가 다시 사쿠라바에게 돌아갈 일은 이제 없을 것이다. 유일하게 지키고 싶었던 것마저, 결국 지키지 못했다. 후회하고 또 후회해도 이제 내가 할 수 있는 일은 아무것도 없다.

"물고기가 보인다니, 진짜 멋지다!"

암흑 속에서 갑자기 맑은 목소리가 울렸다. 목소리 쪽을 바라보자 머리를 땋아 늘어뜨린 모르는 여자아이가 서 있었다. 빨간 책가방을 등에 메고, 볼을 발갛게 물들이고서 눈을 반짝이며 이쪽을 보고 있다.

그 주위를 주황색 난주금붕어 서른 마리 정도가 헤엄치고 있다.

"바다가 아닌데도 물고기가 보여? 여기에 커다란 금붕어가 잔뜩 있다고? 다음에 그림으로 그려서 보여줘!"

여자아이는 이쪽으로 몸을 내밀며 천진하게 웃어보였다.

사쿠라바를 떠올리게 하는 천진난만한 밝음이 내 마음을 따스하게 만들었다. 나는 그림을 잘 그리지 못하지만, 당장이라도 그려서 보여주고 싶을 정도였다.

하지만 이 여자아이가 누구인지는 전혀 기억에 없었다.

"그럼 내일 만나자!"

여자아이는 크게 손을 흔들어 인사하고 저쪽으로 달려갔다. 그 뒤를 난주금붕어들도 따라간다.

나도 마주 손을 흔들어주려 했지만, 손이 내 생각대로 움직이지 않았다. 이상하다고 생각하면서 난주금붕어의 하늘거리는 꼬리지느러미에 가려 잘 보이지 않는 뒷모습을 배웅했다.

성장한 뒤에도 물고기들이 떠나지 않고 변함없이 깃들어 살 수 있다면 얼마나 좋을까. 그래서 나이를 먹어서도 모두가 내 이야기를 믿어준다면 정말 행복할 텐데.

아직도 그런 꿈을 버리지 못하고 있다. 물론 내가 무엇을 바라든, 현실은 변하지 않을 테지만.

뒤에서 똑똑, 물방울 떨어지는 소리가 들렸다. 그쪽을 돌아보자 한 남자가 의자에 앉아 있었다. 대학생 정도일까? 애시그레이색 머리카락 사이로 왼쪽 귀에 네 개의 검은색 피어싱이 보인다. 남자는 손에 든 종이를 심각한 얼굴로 보고 있다.

실내에는 굉장히 사실적인 인물화가 빼곡하게 놓여 있고, 캔버스와 물감이 여기저기 흩어져 있다. 자세히 보니 아까 들은 물소리는 붓을 씻는 물통에 걸쳐놓은 붓에서 물이 떨어지는 소리였다.

여기는 미술실인가……? 하지만 내가 다닌 중학교나 고등학교와는 다르다. 험악한 얼굴로 종이를 잡아먹을 듯이 노려보는 남자도 모르는 사람이다. 실내에는 나와 피어싱을 한 이 남자밖에 없었다.

남자의 주위에 물고기가 네 마리 보인다. 남자의 외모와는 정반대인 귀여운 베타였다. 풍성한 리본 같은 지느러미를 흔들며 살랑살랑 헤엄친다. 수채화물감으로 물들인 듯한 파란색과 주황색의 강렬한 조화가 빼어난 존재감을 과시한다.

아무 말 없던 남자는 내 쪽을 무섭게 노려보더니 이렇게 말했다.

"다부치는 감성이 참 풍부한 것 같아. 그러니까 우리 같은 일반인은 이해할 수 없는 독특한 발상인지 뭔지가 개성적이라며 높은 평가를 받는 거겠지. 색의 조합이나 사실적인 표현으로는 너보다 훨씬 뛰어난 사람이 수없이 많은데 말이야."

그 비웃는 말투와 함께 주위에서 키득거리는 소리까지 겹쳐 들려오는 듯했다. 학교 축제 때의 사건이 떠올라 심장이 쓰라렸다.

눈과 귀를 막아버리고 싶다. 더 이상 보고 싶지 않다.

얼굴을 돌리려 했다. 하지만 이상하게도 얼굴을 움직일 수가 없었다. 눈을 감는 것도, 귀를 막는 것도 불가능하다. 의식은 있으면서 몸은 꼼짝도 할 수가 없었다.

뭔가가, 이상하다.

본 적 없는 미술실. 베타를 데리고 있는 대학생인 듯한 남자. 그리고 그 남자는 나를 다부치라고 부르며 깔보는 말투로 일방적으로 비난을 쏟아냈다.

마치 내가 다부치라는 사람인 것처럼.

혼란스러운 머릿속에서 말도 안 되는 생각이 떠올랐다. 지금 내가 보고 있는 광경들은 다부치라는 인물이 한 경험이 아닐까?

스스로 가설을 세워놓고도 그게 말이 되냐며 부정하는 내가 있다. 하지만 지금 보이는 미술실이나 피어싱을 한 남자, 그리고 다부치라는 이름도 나에게는 전혀 기억에 없다.

만약 여기가 다부치가 사는 세계이고 이 광경 역시 다부치가 본 것이라고 한다면, 전혀 위화감 없이 자연스럽다.

한편 나의 의식은 원래대로 존재하고 있다. 하지만 몸이 내 생각대로 움직이지는 않는다. 이 몸은 다른 누군가의 의지에 따라 움직이고 있다. 상식적으로 생각하면, 다부치가 움직이고 있을 것이다.

나는 대체 어떻게 된 걸까? 정신은 나인데, 몸은 다른 사람? 설마 다른 사람으로 다시 태어났다든가?

어느 쪽이든, 지금의 내가 다부치와 동화되어 있는 것은 분명하다. 아까의 여자아이도 나는 계속 다부치를 통해서 보고 있었던 것이다. 베타나 난주금붕어가 보이는 것으로 보아 다부치도 사람의 마음에 깃들어 있는 물고기가 보이는 사람일 것이다.

무엇보다 그가 겪는 세상이 나와 비슷하다. 주위에서 소외당해서 쓸쓸함과 허무함으로 가득 찬 고독한 세계.

"특히 인물화 말이야. 왜 물고기를 함께 그리는 거야? 그걸 독창성이라고 내세워서 높은 평가를 얻으려는 수작이 빤히 보여서 짜증 난다고."

"그런 거 아니야……. 물고기까지 포함해서 그 사람이니까……."

내 입에서 간신히 새어 나온 다부치의 말. 맞서고 싶지 않다는 마음이 엿보이는 그 목소리는 자신감 없이 가냘팠다.

숨 막히는 공기가 흐른다. 남자는 한숨을 푹 쉬고는 다시 말을 이었다.

"그런 거 그만 좀 해. 다들 꺼림칙해한다는 건 좀 알고 있어라. 소름 끼쳐서 너랑 같은 조 하기 싫어하는 거 알기는 해?"

혐오를 거침없이 발산하는 발언 앞에서도 다부치는 아무 반응이 없다. 커튼만 바람에 펄럭거렸다.

"너 같은 놈의 그림이 입상을 하다니 이해할 수가 없어. 물고기가 보인다니 말도 안 되잖아. 머리가 좀 이상한 거 아니야?"

남자는 혀를 차더니 손에 든 종이를 이쪽으로 휙 집어 던졌
다. 살짝 두께가 있는 도화지가 팔랑거리며 내 발밑으로 떨어
졌다.

그 종이에는 연필로 여자의 모습이 그려져 있었다. 얼굴의
주근깨까지 사실적으로 묘사되어 있다. 하지만 그 이상으로
생생하게 그려진 것은 바로 아로와나였다. 아로와나는 여자의
가슴께를 감추듯이 몸을 휘감고 있다.

비늘 하나하나까지도 입체적으로 음영이 그려져 있다. 전신
을 흐르는 광택감은 놀랍도록 신비로웠다.

"웃기고 있네, 이 거짓말쟁이."

남자는 그렇게 내뱉었다.

나의 시야가 순식간에 젖어 들었다. 발밑의 종이에 한 방울,
또 한 방울. 인내의 한계를 넘어선 눈물이 떨어진다. 나는 이
눈물에 공감할 수밖에 없었다. 내 안의 트라우마가 선명하게
되살아나 겹쳐 보이는 기분이었다.

진심으로 다른 사람들과 친하게 지내고 싶지만, 물고기가
보인다는 걸 남들에게 제대로 설명할 수가 없다. 최선을 다해
설명한다 한들 상대방은 이해해주지 않는다. 내 힘으로는 어
쩔 수 없다는 무력감이 마음속 깊이 가라앉아 있다가도, 거품
처럼 한 번씩 터져 나온다.

결국 우리 같은 사람이 평범하게 살아가는 방법은 하나밖에

200

없다. 물고기를 볼 수 있다는 사실을 말하지 않으면 된다. 보이지 않는 척하면서 버티는 수밖에 없다.

더 이상 괴로워하지 마. 그렇게 생각하자, 나까지 눈물이 날 것 같았다.

"물고기가 줄어들어서 그래……. 역시 깃들어 있는 물고기가 줄어들면…… 안 돼."

가냘픈 목소리가 띄엄띄엄 흘러나왔다.

"벌써 네 마리밖에 안 남았잖아. 여기서 더 줄어들면 안 된단 말이야……."

목소리의 떨림이 잦아들더니 다부치가 소곤거렸다.

"……야, 너 지금 뭐라고 했어?"

커튼이 크게 펼쳐지며 옆으로 나부낀다.

강한 바람이 불면서 커튼을 흔들었다. 눈앞이 서서히 밝아지더니, 커다란 창문에 피어싱을 한 남자와 나의 모습이 비쳐 보인다.

하지만 거기에 있는 것은 역시 내가 아니었다. 등줄기가 오싹해지는 눈매를 보니 내가 아는 얼굴이다. 그리고 유리창에 비친 것은 다부치만이 아니었다.

다부치의 뒤편에 태연자약하게 머물러 있는 그것은, 나와 사쿠라바를 삼켜버린 그 혹등고래였다. 고래가 한 차례 꼬리를 번쩍 치켜올렸다.

남자는 미술실에서 나가려고 등을 돌렸다. 베타도 그 뒤를 팔랑거리며 따라간다.

"너의 베타는 저녁노을 지는 바다 같아서 정말 아름다워."

남자에게 마지막 인사처럼 건네는 말이 내 입을 통해 흘러나왔다. 그리고 다부치 뒤에서 스르륵 헤엄쳐 나온 고래는 작디작은 베타 네 마리를 한꺼번에 삼켜버렸다.

정신을 차리자, 조용하고 어두컴컴한 물속 같은 공간이 눈앞에 펼쳐져 있었다. 나와 내 발밑에 쓰러져 잠들어 있는 사쿠라바 외에는 아무도 없다.

여기는 어디일까?

일단 사쿠라바를 깨우기 위해 몸을 숙였다. 지금은 몸을 자유롭게 움직일 수 있었다.

"사쿠라바, 사쿠라바……, 일어나."

사쿠라바 주위에는 물고기가 한 마리도 보이지 않았다.

사쿠라바가 내 목소리에 천천히 눈을 떴다. 두 번쯤 눈을 깜빡이더니 크게 뜨며 커다란 눈동자를 빛냈다. 그러면서 오른손을 쭉 펴서 천장을 가리킨다.

"저기 봐."

손가락이 가리키는 방향을 올려다보자 저 멀리 어슴푸레한 빛이 보였다. 거기에서 뭔가가 팔랑거리며 내려오고 있다. 하얗고 반투명한 물체가 우리 눈앞까지 내려왔다.

"이건 무럼해파리야."

머리에 네 개의 동그란 무늬가 있는 하얗고 작은 해파리다. 갓이 얇은 레이스 커튼처럼 천천히 파도치듯 움직인다. 우리 주위를 여유롭게 유영하는 해파리를 보니 어쩐지 마음이 평온해진다.

해파리들이 잇따라 내려온다. 이번에는 촉수가 긴 평면해파리가 느긋하게 헤엄치며 나타났다. 갓이 맥박 뛰듯 움직일 때마다 긴 촉수는 부풀었다가 길게 뻗기를 반복한다.

투명한 평면해파리는 갓 안쪽이 훤히 비쳐 보인다. 그런데 갓 안에 해파리의 것이 아닌 다른 뭔가가 들어 있다.

유심히 들여다보니 안에 든 것은 물고기였다. 처음 보는 광경에 나도 모르게 평면해파리에게 손을 뻗었다.

해파리 안에는 미꾸라지 여섯 마리가 비좁게 헤엄치고 있었다. 몸에 있는 얼룩무늬가 꼬리지느러미까지 이어지고, 입 주위에는 수염이 삐죽 튀어나와 있다.

나는 평면해파리를 놓아주고, 가까이에 있던 커튼원양해파리의 빨간 줄무늬가 있는 갓을 붙잡았다. 확인해봤더니 모든 해파리의 내부에 물고기가 들어 있었다.

"이 해파리, 만질 수 있구나!"

사쿠라바는 웃으면서 커튼원양해파리의 갓을 쿡쿡 찔렀다. 풍선을 가지고 노는 것처럼 떠다니는 해파리를 잡았다가 놓아주면서 돌아다녔다.

"이거 봐! 엄청 커다랗고 신기한 색깔이야!"

사쿠라바가 가리킨 것은 태평양원양해파리였다. 갈색빛이 도는 주황색에 빨간 촉수, 장식같이 복슬복슬한 하얀 구엽. 해파리 중에서도 색이 특이하고 독성이 강하다.

평범한 해파리도 만지면 안 되는데, 사쿠라바는 태평양원양해파리에 서슴없이 손을 대려고 했다.

"안 돼!"

다급하게 소리를 질렀지만, 이미 늦었다. 사쿠라바가 주저 없이 그것을 손에 움켜잡는 것을 보고, 하마터면 수명이 줄어들 뻔했다.

"바다에서는 해파리를 봐도 절대로 만지면 안 돼."

사쿠라바는 멀뚱히 나를 바라보다가 곧 큰 눈을 초승달처럼 접으며 고개를 끄덕였다.

태평양원양해파리의 갓은 직경이 1미터를 충분히 넘을 것 같았다. 수많은 물고기가 그 안에서 헤엄치고 있다.

갓 내부에 있는 물고기가 뭔지 확인한 나는 태평양원양해파리를 온 힘을 다해 움켜쥐고 말았다.

해파리의 갓 안에서 피치페어리바슬렛이 활발하게 헤엄치고 있다. 나비고기와 엔젤피시도 같이 있는 것을 보면, 이것들은 틀림없이 사쿠라바에게 깃들어 있던 물고기들이다.

"사쿠라바! 이거, 너의 물고기야!"

고래에게 잡아먹혔다는 절망감이 한순간에 뒤집혀 벅찬 기쁨으로 돌변했다. 가슴이 걷잡을 수 없이 두근거렸다.

"이게 나를 따라다니는 물고기야……? 되게 예쁘다!"

사쿠라바는 갓 안에서 헤엄치는 물고기들을 눈으로 쫓으며 즐거워했다. 눈앞에 펼쳐치는 장관에 내가 거듭 감탄하는 동안에도 세계 각지의 온갖 해파리들이 계속해서 내려왔다.

화려함으로는 태평양원양해파리에게 지지 않을 정도로 딸기젤리처럼 새빨간 해파리에, 바다에 들어가면 녹아버릴 듯이 투명한 청록색의 해파리까지. 온갖 해파리가 우리 주위를 둥실둥실 떠다닌다.

"왜 물고기가 해파리 안에 들어 있을까?"

사쿠라바는 자신의 물고기가 들어 있는 해파리를 붙잡은 채 고개를 갸웃거렸다.

나도 이상하다고 생각하고 있었다. 우리는 고래에게 삼켜졌다. 아마 여기 있는 물고기들도 고래에게 잡아먹혀서 여기로 왔을 것이다.

고래에게 잡아먹힌 거라면 보통은 이미 소화되는 중이어야 할 텐데, 어째서 고래 안에 머물러 있는 것일까?

우리가 생각에 잠긴 동안에도 해파리는 고요히 내리는 눈처럼 끊임없이 내려오고 있었다. 라벤더색 비슷한 보랏빛 해파리, 천연석처럼 동그란 하늘색 해파리……. 우리가 가진 의문에는 아랑곳없이 해파리들은 우아하게 둥실둥실 떠다녔다.

해파리가 얼마나 더 남은 걸까? 위쪽을 올려다보는데, 순간 보름달로 착각할 정도로 커다란 해파리가 똑바로 근접해오는 중이었다. 새하얀 촉수와 갈색 촉수가 뒤섞여 하늘하늘 휘날리고, 갓은 천천히 리듬에 맞춰 나풀나풀 움직였다.

가까이 다가온 그 해파리는 상상 이상으로 컸다. 갓의 지름이 2미터 가까이 되는 거대한 노무라입깃해파리였다.

다른 해파리보다도 훨씬 큰 크기에 사쿠라바는 바로 흥미를 보였다. 태평양원양해파리를 한 손으로 잡아끌면서 한층 더 큰 해파리에게 다가갔다.

"와! 이 물고기, 텔레비전에서 본 적 있어!"

갓 속의 물고기를 보더니 이번에는 뒷걸음질 쳤다. 나도 그 해파리에게 다가가 안을 들여다보았다.

"이거 피라냐……지?"

사쿠라바는 살금살금 가까이 다가갔다가 한 걸음 도로 물러서는 이상한 움직임을 반복하고 있다.

배가 새빨간 수십 마리의 피라냐가 이빨을 드러내고 갓 안의 한쪽 구석에 모여 있었다. 나는 어째선지 이 물고기가 누구의 것인지 알 수 있었다. 그리고 동시에 가슴이 쥐어짜이듯 아팠다.

나도 모르게 이끌리듯이 커다란 갓을 끌어안았다.

"다치바나?"

갑자기 해파리를 끌어안는 것을 보고 사쿠라바는 신기하다는 얼굴을 하고 있다.

"사쿠라바, 피라냐는 어떤 물고기라고 생각해?"

"응……? 사람도 덮쳐서 잡아먹는 무서운 물고기 아니야?"

"그런 이미지가 강하지? 하지만 사실 섬세하고 겁이 많은 물고기야. 특히 한 마리만 있을 때는 엄청난 겁쟁이가 돼."

"그래?"

"응. 확실한 건 아니지만, 이 물고기의 주인도 외모나 잘못된 소문 때문에 오해받은 적이 있을지도 몰라……."

"전혀 몰랐어. 잘 알지도 못하면서 오해해서 미안해."

사쿠라바는 그렇게 말하고서 내가 방금 한 것처럼 해파리를 끌어안았다.

사쿠라바의 마음은 여전히 한없이 맑고 투명하다. 지금 눈앞에 있는 무럼해파리보다도 투명할지도 모른다. 그런 사쿠라바의 물고기도 태평양원양해파리 안에서 활달하게 움직이고 있다. 다른 사람들의 물고기도 좁아 보이기는 해도 건강하게 헤엄치고 있다.

나는 이런 모습을 바라보면서 그 다부치라는 남자가 어째서 물고기를 잡으러 다니는지 그 수수께끼가 풀렸다는 생각이 들었다.

남자는 모두의 물고기를 지키고 싶었던 것이다. 물고기가 줄어들면, 물고기가 보인다는 사실을 믿어줄 순수함을 간직한 사람도 점점 사라진다. 아마도 남자는 그것이 두려웠던 나머지 물고기를 해파리의 갓 안에 넣어 보호하고 있었던 것이다.

"이리 나오렴."

노무라입깃해파리의 갓 안에 손을 넣었다. 수십 마리의 피라냐가 재빠르게 내 손을 피해 구석으로 모여들었다.

"이 안에 있으면 안 돼. 물고기들도 우리와 똑같아."

뒤따라가며 손을 뻗자 피라냐는 제각기 사방으로 흩어졌다.

물고기가 떨어져 나간 사람의 마음은 혼탁해지고 만다. 여기 있는 물고기 중 대다수는 밖으로 풀어주면 원래 머물던 곳으로 돌아가려 할 것이다. 하지만 마음이 이미 혼탁해져버렸다면 전부 제자리로 돌아가지는 못할지도 모른다.

아직도 물고기가 스스로 사라지는 이유가 무엇인지는 알 수 없다. 순수함을 잃어서 물고기가 줄어드는지, 물고기가 줄어드니까 순수함을 잃는 것인지, 그 순서조차 명확하지 않다.

하지만 분명한 것은, 물고기들은 살기 좋은 장소를 찾아 옮

겨갈 것이다. 더 맑고, 더 따뜻한 장소로.

인간도 마찬가지다. 많은 물고기가 깃들어 있는 사람 옆에 있을 때 마음이 편하다. 그러니까 여기에 이렇게 갇혀 있어서는 안 된다.

한쪽 구석에 모여든 피라냐들이 뭔가를 말하고 싶은 듯이 나를 바라보았다. 나는 그림을 그리는 그 남자를 만나면 하려고 했던 말을 전달했다.

"……나는 당신이 그린 그림이 아주 멋지다고 생각해요. 나를 그려줬으면, 하고 생각할 정도로."

남자가 그린 인물화에는 물고기가 인물과 비슷한 수준으로, 아니 오히려 그 이상으로 공들여 그려져 있었다. 그 사람에게 깃든 물고기를 한 명의 인물처럼 그려냈다. 그림 속의 물고기는 장식이나 배경이 아니라, 명백한 주인공이었다.

나나 이 남자에게 있어 사람에게 깃든 물고기는 그 사람 자체나 다름없다. 그것을 진심을 다해 표현한 그의 그림이 멋지지 않을 리 없었다.

"그림?"

"응, 사쿠라바에겐 안 보였어? 굉장히 정교하게 그려진 아로와나 그림."

"이럴 수가……! 난 못 봤어!"

남자의 기억은 본 것은 나뿐이었나? 사쿠라바도 그 그림을 봤다면 분명 놀랐을 텐데.

사쿠라바만이 아니다. 대부분의 사람이 그 앞에 발을 멈추고 그림에 마음을 빼앗길 게 분명하다. 부럽다. 다부치라면 분명 이 능력을 그림에 녹여내서 다른 사람을 위해 쓸 수 있을 것이다.

그렇다면 나는 뭘 할 수 있을까? 구체적인 방법이 떠오르지는 않는다. 하지만 이 능력을 나 외에 다른 사람을 위해 사용할 길이 있을 거라고, 지금은 기대하고 싶다.

쓸모없다고 생각했던 이 능력을 다른 사람을 위해서 쓰고 싶다고 고민하게 된 것 자체가 나에게는 의미 있는 한 걸음이다. 앞으로 조금씩 그 답을 찾아가면 된다.

피라냐 몇 마리가 내 손에 가까이 다가왔다. 아직 경계하고 있는지, 이쪽의 상태를 탐색하고 있다.

"괜찮아. 이리 나오렴. 우리는 더 자유롭게 살아갈 수 있어."

날 이해해주는 사람이 없다는 생각 때문에 두려워하며 상처받지 않으려고 틀어박혀 있던 날들도, 언제 위태로워질지 모르는 불안한 내 마음속의 안전지대도, 이제 벗어날 때가 됐다.

한 마리, 또 한 마리, 내 손 주위로 조금씩 다가온다. 그러다가 피라냐의 입이 내 검지에 닿자, 거대한 노무라입깃해파리는 품고 있던 물고기를 물보라와 함께 세차게 토해냈다.

커다란 물방울이 터지며 자잘한 물방울을 만들어낸다. 동시에 크고 작은 물거품도 위를 향해 뿜어져 나왔다.

당황한 듯 이리저리 헤엄치는 피라냐들은 자세히 보니 꽤 귀여운 얼굴을 하고 있다.

허공에서 춤추던 색색깔의 해파리가, 차례로 안에 품고 있던 물고기를 갓 밖으로 토해낸다. 텅 비어 있던 공간이 눈 깜짝할 사이에 수많은 물고기로 가득 찼다. 평면해파리는 어렴풋한 파란색 빛을 발하며 우리 앞을 떠다닌다. 그 모습이 마치 뱃속이 가벼워졌다고 말하는 것 같았다.

"우와…… 수족관 같아……."

"물고기가 보인다는 이야기를 했을 때도, 수족관 같아서 좋겠다고 그랬었지?"

"응, 부럽다고 생각했어. 하지만 자세히 보니까 수족관과는 다르네."

"맞아, 같은 장소에 해수어와 담수어가 섞여 있기도 하고……."

"아니, 그게 아니라 수족관은 수조 밖에서 안을 들여다보면서 즐기는 거잖아."

사쿠라바가 이야기하는 도중에, 붙잡고 있던 태평양원양해파리도 사쿠라바의 물고기를 풀어주었다. 그 물고기들은 나오자마자, 바로 사쿠라바를 에워쌌다. 곧 보이지 않게 될 사쿠라바의 얼굴에는 생긋 만족스러운 웃음이 떠올랐다.

"이건 꼭 우리가 수조 안에 있는 것 같아!"

압도적인 수의 물고기 떼 때문에 주위가 온통 분홍색으로 물들었다. 그 뒤를 은색으로 빛나는 갈치가 여러 마리 헤엄치고 있다.

머리 위에는 얼굴에 노란색 잉크를 뒤집어쓴 카타야마이안티아스가 무리를 짓고 있다. 오른쪽을 봐도, 왼쪽을 봐도, 각기 다른 물고기들로 눈이 어지럽다.

수족관의 수조와는 비교가 되지 않는다. 온 세상의 바다와 강을 섞은 뒤 꾹 눌러 응축시킨 이 세상에서 단 하나뿐인 수조. 우리는 지금 그런 특별한 수조 안에 있다.

"나, 오늘 본 걸 평생 잊지 못할 거야. 앞으로도 계속 볼 수 있다면 좋을 텐데."

우리 앞을 스쳐 지나가는 수백 종의 물고기를 보며 사쿠라바는 아쉬워했다.

"사쿠라바라면 어차피 며칠 안 가 질릴 거야. 그래도 궁금하다면 내가 물고기의 상황을 실황중계 해줄게."

"안 질릴 거거든! 나, 지속력 대왕이거든!"

"과연 그럴까? 작심삼일도 긴 편일 것 같은데."

"……끈질기게 하고 있는 것도 있어!"

"그래? 이를테면?"

그 순간 피치페어리바슬렛들이 침착함을 잃고 술렁이기 시작했다.

"다치바나를 짝사랑하는 거……?"

점점 작아지는 목소리에서 사쿠라바가 용기를 쥐어짠 것이 느껴졌다. 물고기 떼 때문에 사쿠라바의 얼굴이 보이지 않는 것이 내게는 다행이었다. 그래도 뺨에서부터 귀까지가 화끈 달아올랐다. 침묵이 길어지기 전에 무슨 말이든 해야 하는데. 그런 것 같더라? 그럴 줄 알았어? 아니, 그게 아니잖아. 어떡하지. 뭐라고 말할까. 하고 싶은 말이 있는데, 도저히 입 밖에 낼 수 있을 것 같지가 않았다.

"저번에 다른 애들 앞에서는 절대 그럴 리 없다고 말하지 않았어?"

사쿠라바는 안절부절못하며 "아, 아니 그건 말이야. 그, 그러니까……" 하면서 둘러대기 시작한다.

쑥스러워하는 내 속마음을 들키지 않으려고 나는 최선을 다해 태연한 표정을 지었다. 날뛰는 심장을 진정시키려고 마음을 다잡고 있는데, 사쿠라바는 잠시 숨을 고르고서 상기된 목소리로 이렇게 말했다.

"다치바나, 혹시…… 지금 기뻐……?"

"……뭐?"

나도 모르는 사이에 표정에 드러났나 싶어서 입가를 가렸다.

"전에 물고기가 튀어 오른다는 건 기쁘거나 즐겁다는 의미라고 그러지 않았나……?"

"그, 그랬었지……."

왜 지금 그 이야기를 하는 걸까 의아하게 생각하다가, 바로 주위를 둘러보았다.

열 마리 정도 되는 날치가 튀어 오르고 있다. 아니, 튀어 오른다기보다 날아다니고 있다. 비눗방울처럼 무지갯빛으로 빛나는 가슴지느러미를 날개처럼 부채꼴로 활짝 펼치고 있다.

전혀 감정을 숨길 생각 없이 온몸으로 환희를 표현하며 날아오르는 중이다.

나의 물고기가 날치였다는 놀라움보다도 부끄러움이 아득히 앞서서 지금 당장이라도 사라지고 싶은 기분이었다.

"아까부터 계속 이 근처에서 헤엄치고 있어서 혹시나 했는데, 다치바나의 물고기였구나. 다치바나답다."

불이 붙은 게 아닐까 싶을 정도로 귀가 뜨겁다. 이렇게까지 부끄러운 것은 내 인생에서 처음이다. 그대로 가만있을 수가 없어서, 나는 날치 이야기로 화제를 바꿨다.

"날치가…… 나랑 비슷한가……?"

"응. 바다라는 일상에서 튀어나오려고 하는 점이 특히."

"사실 천적에게 습격을 당했을 때 날아서 도망가는 거지만 말이야."

"그렇구나! 그럼 더 다치바나스럽네."

"그건 무슨 뜻이야?"

"글쎄, 무슨 뜻일까……?"

물고기 떼의 틈새로 빙그레 웃고 있는 입술이 보인다. 자신의 마음을 솔직하게 표현할 수 있는 사쿠라바가 평소보다 더 눈부시다.

입학식 날, 유일하게 나에게 인사해주었던 사쿠라바. 알록달록 화려한 물고기 떼를 멀리서만 지켜보았는데, 지금은 이렇게 가까이에서 보고 있다.

조금만, 만져보고 싶다. 부끄러움으로 머릿속이 꽉 차버리는 바람에 이성이 제 역할을 못 하고 있는 탓이다.

해파리를 잡고 있는 사쿠라바의 손등 위에, 가만히 내 손을 겹쳤다. 뛰어서 도망가야 하는 상황에서 정신없이 팔을 붙잡은 적은 있지만, 그렇지 않을 때는 손을 잡는 데만도 엄청난 용기가 필요했다.

아주 잠시만 날치가 내 얼굴이 보이지 않게 헤엄쳐주면 좋을 텐데.

물고기 때문에 사쿠라바의 얼굴은 보이지 않지만, 그래도 나는 사쿠라바를 바라보았다. 피치페어리바슬렛은 여전히 튀어 오르느라 바쁘다.

"다치바나의 손, 따뜻하다."

수줍게 말하는 사쿠라바의 목소리. 지금 어떤 표정을 하고 있을지 상상이 간다. 물고기 때문에 얼굴을 제대로 보지 못한 시간이 훨씬 더 긴데도, 지금은 사쿠라바의 얼굴을 얼마든지 떠올릴 수 있다.

사쿠라바가 내 시야에 들어온 것이 아니라 내가 자연스레 눈으로 쫓고 있었던 거구나. 그걸 솔직히 인정할 수 있게 되었다. 대체 언제부터 사쿠라바를 이렇게 보기 시작했을까?

날아다니는 날치 뒤를 몇 마리의 피치페어리바슬렛이 뒤쫓고 있다.

"이 피치페어리바슬렛도 사쿠라바와 상당히 비슷한걸."

"헤헤, 물고기가 더 솔직할지도 몰라."

"아니, 난 사쿠라바가 더 솔직하다고 생각해."

"그거, 칭찬이야?"

"여태껏 한 말 중에서 제일 큰 칭찬일지도?"

"아무래도 놀리는 것 같은데……?"

내 손을 꼭 맞잡아준 사쿠라바의 손은 부드럽고 따뜻했다.

간신히 사쿠라바에게서 벗어난 태평양원양해파리의 빨간 촉수가 흔들리고 있다. 도감에서 봤을 때는 독성에만 관심이 갔는데, 실제로 보자 개성 있는 색깔이 독특하고 매력적이다.

몸이 가벼워져서인지 해파리들은 서서히 위로 떠오르기 시작했다. 우리가 매달려 있는 커다란 노무라입깃해파리도 위를 향해 유유히 움직였다.

우리의 주위를 셀 수 없이 많은 색색깔의 물고기들이 둘러 싼다. 작은 물고기부터 큰 물고기까지, 종류에 상관없이 한데 모여 거대한 물고기 떼를 형성했다. 나도 오늘 이 순간 본 장면을 절대 잊지 못할 것이다.

위로 올라갈수록 주변이 조금씩 밝아지더니, 곧 태양 같은 밝은 빛이 머리 위로 넘실거렸다. 나는 자연스레 그 빛을 향해 손을 뻗었다.

빛의 파도에 손이 닿은 순간, 강한 빛이 눈을 찔렀다. 반사적으로 눈을 감고, 손으로 눈을 가렸다. 동시에 온몸을 휘감는 더위와 커다란 환호성이 우리를 덮쳤다.

태양인 줄 알았던 빛은 무대의 스포트라이트였다. 나와 사쿠라바는 손을 꼭 잡은 채 무대 위에 주저앉아 있었다.

얼굴을 마주 보고, 갑자기 현실로 되돌아온 것에 어리둥절하면서도 자리에서 일어섰다. 무대에 올라간 것이 연출처럼 보이도록 우리는 관객을 향해 인사했다. 무대에서 내려와도 박수 소리는 멈추지 않고 계속 이어졌다. 휘파람 소리도 계속 울려 퍼진다. 고래 안에 갇혔던 물고기들이 풀려나서인지 행사장 안에 보이는 물고기도 더 많아진 것 같다.

관계자석에서 하타노가 뛰어 내려왔다.

"얘들아! 괜찮아? 계획은 어떻게 됐어……?"

물고기가 보이지 않는 하타노는 무대 위에서 무슨 일이 일어났는지 모른다. 사쿠라바의 물고기가 무사한지, 작전이 잘 끝났는지를 걱정하는 듯했다.

피치페어리바슬렛에게 에워싸인 사쿠라바는 "나는 괜찮은…… 거지?" 하고 나에게 확인을 받았다.

"응, 사쿠라바의 물고기는 무사해."

"어? 다치바나, 혹시 물고기가 다시 보이게 됐어?"

묻고 싶은 것이 한둘이 아닐 것이다. 하타노의 나폴레옹피시가 평정심을 잃고 우왕좌왕 헤엄치고 있다.

"어떻게 하다 보니 말이야."

나의 대답에 하타노는 눈물을 글썽이며 작게 "다행이다……" 하고 중얼거렸다.

"고래는? 어떻게 됐어?"

하타노는 안경을 벗고 눈물을 닦으며 조심스레 이쪽을 바라봤다.

"……고래를 바다로 돌려보내지는 못했어."

"뭐? 그럼 실패한 거야……?"

하타노가 고개를 떨궜을 때, 나와 사쿠라바는 한목소리로 말했다.

"대성공이야!"

고개를 번쩍 드는 바람에 아까 닦은 눈물이 하타노의 볼을 타고 흘렀다. 기재의 운반과 조작을 도와준 하타노의 선배가 뒷정리를 위해 부르러 올 때까지 하타노는 몇 번이나 다행이라고 중얼거렸다.

불꽃놀이의 시작을 알리는 안내 방송이 울려 퍼졌다. 주위를 둘러보다가 반대편 무대 구석에서 고래와 피라냐 떼를 발견했다.

남자는 거기에서 가만히 이쪽을 보고 있다. 기계적인 기묘한 웃음이 아니라, 부드러운 표정으로 미소를 띠고 있었다.

무대의 조명이 꺼지고, 주위가 어두워졌다. 혹등고래도 어둠 속으로 모습을 감췄다.

초록색 불꽃이 쏘아 올려졌다. 곧 하늘에 불꽃이 터지는 소리가 울려 퍼졌다. 몇 년 만에 보는 풍경인지 모르겠다. 불꽃이 터질 때마다 심장도 함께 두근거렸다.

"이제 여름 축제도 마지막이네. 같이 볼 수 있어서 정말 다행이야……."

사쿠라바는 폭죽 소리에 묻히지 않는 타이밍을 노려 자신의 솔직한 마음을 슬쩍 내비쳤다.

불꽃은 밤하늘을 화려하게 수놓았다가 녹아내리듯 사라지기를 반복했다. 빨강도, 파랑도, 초록도, 모두 하얀 연기가 되어 사라진다. 바닷바람이 남은 연기마저 쓸어가버렸다. 작은 빛은 순식간에 밤을 삼키며 멀리멀리 퍼져나간다.

커다란 주황색 불꽃이 쏘아 올려진 순간이었다.

밤하늘로 새까만 혹등고래가 뛰어들었다. 끝없이 뻗어나가는 빛줄기 속으로 파고들려는 것처럼 헤엄치고 있다. 큰 빛줄기는 서서히 사그라들어 별처럼 반짝이며 흩어졌다. 아까보다 더 큰 소리가 주위에 울려 퍼졌다.

다음에 터진 파란색 불꽃은 고래가 튀기는 물보라 같았다. 하늘은 거대한 빛의 바다가 되었다. 뻗어가는 빛 속에서 고래는 시원스레 몸을 뻗으며 유영한다.

자유로워진 걸까? 나 혼자만의 생각일지도 모르지만, 고래는 매우 기분 좋아 보였다.

커다란 꼬리를 위아래로 계속 움직이며 존재감을 드러낸다. 나만을 위한 특별한 공연을 보는 듯한 기분이 들었다.

"다치바나."

다음 불꽃을 기다리는 틈에 내 이름을 부르는 소리가 들려 돌아봤더니, 불꽃에 비친 사쿠라바의 입술이 뭔가를 말하고 있었다. 하늘을 뒤흔드는 폭죽 소리 때문에 옆에 있는데도 목소리가 잘 들리지 않는다.

"왜? 뭐라고 말했어?"

분홍색의 피치페어리바슬렛이 하늘에서 터지는 불꽃과 같

은 색으로 희미하게 물들었다. 바쁘게 움직이는 물고기들의 모습을 보고 사쿠라바의 기분은 대충 눈치채고 있었다. 사쿠라바는 내 어깨에 양손을 올리더니 힘주어 눌러 몸을 숙이게 했다.

수많은 물고기가 내 몸의 절반을 에워쌌다. 사쿠라바의 유카타 옷깃이 서서히 가까워졌다. 어깨에 있던 손이 내 귀를 받치더니, 안간힘을 다한 목소리가 또렷이 들려왔다.

알고 보니 나는 엄청난 욕심쟁이였다. 물고기가 보이는 세계를 그렇게 돌려받고 싶어 했으면서, 지금은 다시 물고기가 보이지 않았으면 좋겠다고 생각하고 있으니까.

내 얼굴이 빨개진 것은 불꽃과 같은 색으로 물들었기 때문이다. 만져보면 바로 알 수 있을 정도로 뜨겁게 달아오른 것도 더운 여름 날씨 탓으로 돌리자.

"미안, 도저히 안 들려."

나는 고개를 갸웃거렸다. 이런 말로 대답을 회피하는 것은 바람직하지 않다. 하지만 아직은 도저히 말이 나오지 않는다. 이미 내 마음을 찰랑찰랑하게 채우고 있는 이 마음을 소리 내어 말하기에는 입술이 떨린다.

지금이라면 학교 축제 때 사쿠라바가 나를 좋아할 리 없다고 말한 그때의 기분이 이해가 된다. 오히려 그 정도의 거짓말은 지금의 나에 비하면 귀여운 수준일지도 모른다.

내 대답에 사방으로 튀어 오르고 있던 피치페어리바슬렛이
시야를 차단하려는 듯이 넓게 우리 주위를 감쌌다.

귀에서 스르륵 움직인 사쿠라바의 손이, 내 양 볼을 감쌌다.
아까까지만 해도 따뜻했던 사쿠라바의 손이 차갑게 느껴지는
것은 내 얼굴 쪽이 훨씬 더 뜨겁기 때문이다.

물고기들이 퍼져나가면서 사쿠라바의 예쁜 얼굴이 아쉬움
없이 불꽃에 환히 드러났다. 사쿠라바는 입술을 꾹 다물고 큰
눈동자에 눈물을 글썽이고 있다.

"얼른, 제대로 대답해."

하늘에는 늘어진 버드나무 가지처럼 폭죽이 아름답게 흐드
러져 내렸다.

예쁜 걸 예쁘다고 말하기를 망설이던 그 무렵부터 이미 마
음 한구석에서는 이렇게 되기를 꿈꾸고 있었나보다.

내 얼굴을 감싼 사쿠라바의 손을 풀고 그대로 꼭 끌어안았
다. 사쿠라바의 얼굴이 내 목덜미에 닿은 순간 나보다 더 뜨겁
다는 것을 알아챘다. 그 체온마저도 사랑스럽다는 생각이 들
었다.

뭐라고 말할지 망설이는 척하는 것도 이제 불가능하다.

"……나도 사쿠라바와 계속 함께 있고 싶어."

가장 하고 싶었던 말은, 결국 하지 못했다. 그래도 전하고 싶
었던 마음을 거의 비슷한 형태로 입 밖에 낼 수 있었다. 사쿠라

바는 아무 말도 하지 않았지만, 팔에 힘을 주어 나를 꼭 마주 안았다.

여전히 두근대는 심장 소리가 제발 폭죽 소리에 가려졌으면 좋겠다.

밝은 금색 빛줄기 하나가 밤하늘을 향해 뻗어나간다. 굉음과 함께 피어난 커다란 꽃송이는 아주 잠시 반짝이며 흩어졌다가 곧 흔적도 없이 사라졌다. 새까만 하늘에는 달만이 홀로 남았다.

"마지막 불꽃, 제법 컸는데 안 보였지?"

침묵이 흐르지 않도록 사쿠라바에게 말을 걸면서 나는 팔을 내렸다.

"내년에는 같이 볼 거니까 괜찮아."

만족스러워 보이는 피치페어리바슬렛들 사이로 기쁨이 묻어나는 목소리가 들렸다. 나는 "그래, 그러자" 하고 고개를 끄덕였다.

오늘 하루 동안 정말 많은 일들이 일어났다. 기쁜 일도 슬픈 일도 있었지만, 결국 해냈다는 안도감이 앞선다.

방금 전까지 수많은 사람을 사로잡았던 불꽃놀이만큼이나 빛나는 추억이 남았다. 나로서는 그 무엇과도 바꿀 수 없는 보물이다. 앞으로도 몇 번이고 오늘을 떠올리겠지.

린쿄사이는 이렇게 끝났다. 우리는 행사장 출구로 향하는 사람들의 물결에 휩쓸려 걷기 시작했다.

꽤 지쳐 있었는지, 여름방학의 마지막 하루는 거의 자다가 끝났다. 하타노는 물고기가 보인다고 거짓말한 것을 진심으로 반성한다는 긴 사죄의 메시지를 보내왔다. 그러고 보니 그런 거짓말을 했었다는 것조차 깜빡 잊고 있었다.

나는 하타노가 인터뷰한다면 오컬트연구부의 취재를 다시 받아도 좋다는 답장을 보냈다.

심호흡을 하고서 교실을 살짝 들여다보자 바쁜 여름방학을 보낸 반 친구들의 목소리가 들렸다. 다시 만난 것을 기뻐하며 튀어 오르는 물고기들도 많이 보였다.

반 친구들의 물고기를 오랜만에 봐서일까? 헤엄치는 물고기의 종류가 늘어난 기분이 들었다. 이런 물고기가 깃들어 있는 애도 있었구나……. 저 물고기는 뭘까? 물고기들이 활발하게 헤엄치는 모습이 반가웠다.

내가 교실로 들어서자, 와글거리던 교실이 잠시 조용해졌다. 내 자리를 찾아 앉을 때까지 어쩐지 시선이 느껴졌다.

개학 첫날의 학교. 각오는 하고 있다. '물고기가 보인다는 이상한 애'라는 꼬리표는 그대로 남아 있을 것이다. 하지만 무슨 말을 들어도 평정심을 잃지 말자고 다짐했다.

의자에 앉자, 앞자리였던 사사키가 이쪽을 돌아보았다.

"안녕."

교칙에 아슬아슬하게 걸리지 않을 정도의 갈색으로 머리를 탈색한 사사키는 나른한 눈으로 나에게 인사를 했다. 이 자리에 앉기 시작한 지 몇 달이 되었지만, 나한테 인사를 하는 것은 처음이다.

"아, 아아……, 안녕."

목소리가 제대로 나오지 않아서, '아싸'로 살아온 인생을 티내고 말았다. 바로 더위와는 상관없는 땀이 주르륵 흘렀다.

교실에 사쿠라바가 들어왔다. 수많은 물고기 떼가 둘러싸고 있어서 당연히 얼굴은 보이지 않는다. 이쪽을 향해 손을 흔들려 했는지, 오른손이 움직였다.

그때 옆 반에 있어야 할 이와사키가 내 이름을 부르며 뒤쪽에서 달려왔다.

"다치바나! 린쿄사이 무대, 앞쪽에서 봤는데 정말 멋있었어! 우리가 그린 그림이 그렇게 움직이다니……. 동영상 찍은 걸 벌써 몇 번째 보는지 몰라!"

이와사키에게 깃들어 있는 네온테트라는 새빨간 무늬를 과시하듯이 튀어 올랐다.

"아니야, 나야말로 미술부가 도와준 덕분에……."

"오히려 맡겨줘서 고마워! 그렇게 감동한 건 오랜만이었어! 아, 다음 주 콩쿠르에 낼 작품도 거의 완성됐으니까 수업 끝나면 보러 와! 비늘을 엄청 열심히 그렸거든!"

줄곧 흥분을 감추지 못하는 이와사키에게 나는 연신 고개를 끄덕였다. 조례 시간을 알리는 벨이 울리고서야 이와사키는 급히 교실을 떠났다.

그러고 나서 개학식이 열리는 체육관으로 다 같이 이동했다. 이동하는 길에도, 체육관에서도, 지금까지 한 번도 이야기해본 적 없는 반 친구들이 말을 걸어왔다. 고등학교 생활을 하면서 처음으로 선생님으로부터 떠들지 말라고 지적을 받았다.

끈적한 찜통더위 속에서 개학식을 끝내고 교실로 돌아온 나는 필기구를 챙겨 가방에 넣었다. 이제 집으로 가면 되지만, 우선 미술실에 들러야 한다.

"다치바나!"

교실 밖 복도에서 큰 소리로 나를 부른 것은 도키타였다. 툭눈붕어가 바쁘게 그의 주위를 헤엄친다.

"린쿄사이, 정말 멋있더라."

도키타는 주먹을 앞으로 내밀며 씩 웃어 보였다. 갑작스러운 칭찬에 당황한 나는 뭐라고 대답하면 좋을지 모르겠어서 가볍게 고개만 끄덕여 보였다.

"뭐야, 부끄러워서 그래?"

놀리는 듯한 말투와는 다르게 도키타의 표정은 부드러워 보였다.

"응, 조금. 그렇게 큰 소리로 말하니까 좀 부끄럽다."

"린쿄사이 땐 당당하게 무대로 뛰어 올라갔으면서?"

고래에게서 도망치느라 필사적이었다고 말할 수는 없는 노릇이다. 도키타 같은 '인싸'와 이야기를 하면 이상하게 긴장이 된다. 얼른 대화를 끝내고 싶었다.

"뭐, 그땐 그랬지만. 그럼 난 미술실에 좀 들러야 해서, 먼저 가볼게."

"그래, 또 보자."

개학 첫날, 3개월 치는 될 대화를 하루 만에 다 해버린 기분이다. 나는 가방에서 보리차를 꺼내 마른 목을 축였다.

교실을 나와서 미술실로 향한다. 복도로 나오자 수많은 피치페어리바슬렛이 순식간에 내 시야를 메웠다.

물고기 떼의 틈새로 가느다란 상어 스트랩이 흔들리는 것이 보인다.

"다치바나, 이건 좀 그렇지 않아?"

피치페어리바슬렛들이 일제히 내 쪽을 향했다. 사쿠라바만큼 물고기 수가 많으면 조금 무서울 정도로 박력이 있다.

"어? 뭐가………?"

"뭐냐니, 이야기 나눌 틈이 전혀 없잖아! 오늘 들어서 지금 처음으로 대화를 하고 있어! 아침 인사도 못 했다고!"

"……좋은 아침."

"그게 아니라! 그래서 수업이 끝나기만을 기다리고 있었
는데. 이와사키랑 도키타까지 방해해서 같이 있지도 못하
고……."

"그건 내 탓은 아닌 것 같은데 말이야……."

잠시 침묵이 흐른 뒤, 사쿠라바가 주먹을 꼭 쥐고 있는 것이
눈에 들어왔다.

"이럴 거였으면 존재감 없었던 예전의 다치바나 그대로가
더 좋았을 텐데."

"음……. 사쿠라바도 날 그렇게 생각하고 있었구나."

"적어도 그때는 쉬는 시간마다 같이 있을 수 있었는데……."

얼굴은 보이지 않지만, 쓸쓸해한다는 것은 느낄 수 있다. 사
쿠라바를 슬프게 하고 싶지는 않지만, 이상할 정도로 내 마음
은 만족스러웠다.

"……이러다가는 내 물고기가 줄어버릴 것 같아……."

조금 줄어드는 정도로는 티도 안 날걸. 오히려 좀 줄어들어
야 사쿠라바의 얼굴이 다시 보일지도 몰라.

"알았어. 내일부터 등하교는 둘이 같이 하자."

"……하지만 다치바나는 친구들하고도 같이 놀고 싶을 거
아냐……."

내 말에 물고기는 팔짝팔짝 뛰고 있는데, 입으로는 기쁘지 않다는 듯이 말한다. 마음으로 생각하는 것과 입 밖으로 꺼내는 말이 다르다.

자신의 감정을 솔직하게 말할 줄 아는 사쿠라바도 이 순간만큼은 내 눈에도 서툴게 보였다. 마음 깊은 곳에서 물거품처럼 퐁퐁 솟아나는 이 감정이, 어쩐지 간지러웠다.

"……나는 사쿠라바와 같이 있는 게 더 즐거워."

지금은 솔직하지 못한 사쿠라바를 위해서 내가 먼저 내 마음을 그대로 전달하기로 했다.

주위를 팔딱거리던 피치페어리바슬렛이 순간적으로 흩어졌다. 드러난 사쿠라바가 웃는 얼굴로 나를 응시한다.

"다치바나, 정말 좋아해."

등에서 어깨까지가 순식간에 화끈 달아오른다. 의연하게 받아들이려 하는 나와 태연함을 유지하지 못하는 내가 팽팽히 맞선다.

나는 물고기를 보는 능력이 사쿠라바에게 없어서 다행이라고 생각했다. 나에게 깃들어 있는 날치가 지금 어떻게 행동하고 있을지 상상하기조차 두렵다.

"오늘 돌아가는 길에 역 앞에 있는 햄버거집에 가자! 그러고 나서 수족관도 가고!"

"그렇게 말하면서 크레이프 가게로 데려가려는 건 아니겠지?"

“앗, 들켰다. 하지만 다치바나와 먹는 크레이프가 제일 맛있는걸.”

이러다가는 매주 끌려갈지도 모르겠다. 하지만 지금은 모르는 척하기로 한다.

이제 곧 여름도 끝나가는데, 내 시야에는 항상 벚꽃잎이 흩날리는 풍경이 펼쳐진다. 복도의 창문에서 바라본 하늘에는 비행기구름이 선명했다.

지금까지 전혀 관심도 없던 풍경이 내 마음에 스며든다.

“……정말 예쁘다.”

내가 중얼거리자, 사쿠라바의 피치페어리바슬렛이 폴짝 튀어 올랐다. 물고기 떼 사이로 붉어진 뺨이 보인다.

“……아, 하늘이 말이야.”

나는 손가락을 하늘을 가리키며 씩 웃었다. 사쿠라바는 내 어깨를 퍽퍽 치며 화를 냈다.

얼굴을 마주 보며 예쁘다고 말하기에는 아직 시간이 필요하다. 다음엔 이런 일상을 아름답다고 느낄 수 있게 해줘서 고맙다고 말하자.

그리고 내가 먼저 좋아한다고 말해야지. 언젠간 꼭.

나에게 초능력이 있으면 얼마나 좋을까, 누구나 한 번쯤 이런 생각을 해본 적이 있을 것입니다. 저 역시도 어린 시절, 곧잘 그런 상상을 하며 놀았습니다. 나에게 초능력이 있다면 얼마나 신날까? 모두들 얼마나 부러워할까? 제 머릿속의 초능력이란 그렇게 막연히 즐거운 것이었습니다. 하지만 상상이 현실이 되었다면 괴로운 일도 많았을 거라는 생각이 지금은 듭니다. 다른 사람과 다르다는 것이 눈에 띄면 그 순간 배척의 대상이 되어버리기도 쉬우니까요.

이 책의 주인공 다치바나는 '다른 사람의 마음에 살고 있는 물고기'를 볼 수 있다는 일종의 초능력을 가지고 있습니다. 분명 다른 사람이 갖지 못한 특별한 능력임에는 틀림없지만, 안타깝게도 이 능력은 다치바나에게 그다지 달갑지 않은 기억만을 남겼습니다. 초등학교 시절 처음으로 친구에게 물고기가 보인다는 이야기를 했다가 따돌림을 당하고, 그 후로도 사람들의 겉치레와 속마음의 괴리에 적응하지 못하고 무리에서 겉

도는 '아싸'를 자처하게 됩니다.

그렇게 공기처럼 살아가는 데 만족하던 다치바나는 우연한 사건을 계기로 같은 반 친구인 사쿠라바와 가까워지고, 그로부터 다치바나의 인생에 큰 변화가 시작됩니다.

사쿠라바와 함께하는 일상은 처음 해보는 것투성이입니다. 처음으로 길가에서 크레이프를 먹고, 처음으로 학교 축제를 구경하고, 처음으로 친구들과 카페에서 수다를 떨기도 합니다. 그러는 과정에서 다치바나는 사람들의 물고기를 지키고 싶다고 생각하고, 그러기 위해서는 자신의 능력이 꼭 필요함을 깨닫습니다.

사람들의 물고기를 잡아먹는 고래를 막아내기 위해 다치바나는 사쿠라바라는 든든한 아군, 하타노라는 새로운 친구와 힘을 합쳐 지역 축제의 무대에서 상연할 영상을 만들고, 학교의 미술부원들에게도 물고기 그림을 그려달라고 도움을 요청합니다. 사람과 관계를 맺는 것을 극도로 꺼리던 다치바나가 다른 사람에게 도움을 구하고, 또 협력할 줄 아는 사람으로 성장한 것입니다. 이야기의 결말에 이르러 다치바나는 쓸모없는 것이라 여기고 없어지기만을 바랐던 자신의 능력을 다른 사람을 위해서 쓰겠다고 다짐합니다. 나는 왜 남들과 다를까 고민하며 자신의 다름을 숨기려고만 했던 다치바나였지만, 이제는 그 다름을 긍정적으로 받아들이는 모습을 보여줍니다. 틀을 깨고 나와 놀랍도록 성장하는 다치바나의 모습을 보며 저는 마음속으로 열렬한 응원의 박수를 보냈습니다.

저자 후미즈키 아오이는 매체에 기고한 에세이를 통해 "자신의 남다른 부분까지도 소중히 여기고 스스로를 긍정하기 바라는 마음을 담아 이 이야기를 썼다"고 밝힌 바 있습니다. 세상은 '보통' '평범' '무난' 같은 기준을 내세워 규격에서 벗어나는 요소를 배제하려 하지만, 세상에 같은 사람은 아무도 없듯이 우리 모두는 조금씩 남들과 다른 부분을 가지고 살아갑니다. 나의 다른 부분을 긍정하듯이 다른 사람의 다른 부분도 인정하며 받아들일 때, 모든 사람들의 물고기가 즐겁게 튀어 오르는 평화로운 세계를 만들 수 있을 것입니다.

이 이야기의 또 다른 매력은 각양각색의 매력을 뽐내는 다양한 물고기들을 만날 수 있다는 점입니다. 메기, 송사리, 미꾸라지같이 익숙한 물고기들도 있지만, 지금까지 몰랐던 개성 넘치는 독특한 물고기들을 하나하나 찾아보고 알아가는 것도 번역하는 과정의 재미 중 하나였습니다. 분홍색 꽃잎 같은 피치페어리바슬렛, 마젠타와 레몬옐로라는 강렬한 색이 몸의 절반씩을 차지하고 있는 바이컬러도티백, 배를 위로 한 채 헤엄치는 신기한 물고기 업사이드다운캣피시, 멋진 소용돌이무늬를 가진 엠퍼러엔젤피시, '살아 있는 화석'이라 불린다는 용을 닮은 고대어 아로와나……. 이처럼 모양도 색깔도 다양한 물고기들이 한데 모여 헤엄치는 광경은 화려한 꽃밭과도 같지 않았을까요? 주인공들이 이야기하듯이, 한 번이라도 보았다면 평생 잊을 수 없는 광경일 게 분명합니다.

저자 후미즈키 아오이 역시 인터뷰에서 "자기 자신에게 깃들어 살고 있는 물고기의 수나 종류를 상상하면서 이 책을 읽어달라"고 당부한 바 있습니다. 한국의 독자 여러분도 알록달록 아름다운 물고기들이 가득한 바닷속 풍경을 함께 상상하며 이 환상적인 이야기를 즐겨주신다면 기쁘겠습니다.

윤은혜

© 후미즈키 아오이, 2026

초판 1쇄 인쇄일 2026년 3월 16일
초판 1쇄 발행일 2026년 3월 23일

지은이   후미즈키 아오이
옮긴이   윤은혜
펴낸이   정은영
편집   임종현 김은혜 김수진
디자인   김지인
마케팅   이언영 임병천 임동렬 박채윤
저작권   신은혜 김현영
제작   홍동근

펴낸곳   (주)자음과모음
출판등록   2001년 11월 28일 제2001-000259호
주소   10881 경기도 파주시 회동길 325-20
전화   편집부 (02)324-2347 경영지원부 (02)325-6047
팩스   편집부 (02)324-2348 경영지원부 (02)2648-1311
이메일   편집부 munhak@jamobook.com 저작권 ip@jamobook.com

ISBN   978-89-544-7352-1 (03830)